我是天空裡的一片雲
偶爾投影在你的波心
你不必訝異
更無須歡喜
在轉瞬間消滅了蹤影
你我相逢在黑夜的海上
你有你的，我有我的，方向
你記得也好
最好你忘記
在這交會時互放的光亮

——徐志摩《偶然》

巴黎的鱗爪

徐志摩 著

關於・徐志摩

徐志摩（一八九七年一月十五日～一九三一年十一月十九日），原名章垿，字槱森，後改字志摩，浙江海寧人，中國著名新月派現代詩人，散文家，亦是著名武俠小說作家金庸的表兄。徐志摩出生於富裕家庭，並曾留學英國。一生追求「愛」、「自由」與「美」（胡適語），這份浪漫情懷爲他帶來了不少創作靈感，亦斷送了他的一生。徐志摩倡導新詩格律，對中國新詩的發展做出了重要的貢獻。

徐志摩出生於浙江海寧一個富裕家庭，父親徐申如擁有一座發電廠、一個梅醬廠、一間絲綢莊，在上海還有一家小錢莊，又是硤石商會會長，人稱「硤石鉅子」。徐志摩十八歲時由父母安排，與十五歲的張幼儀結婚，隨後遠赴西方求學。對徐志摩來說，這段婚姻並不美滿。張幼儀遠渡重洋到了英國後，才發現徐志摩在

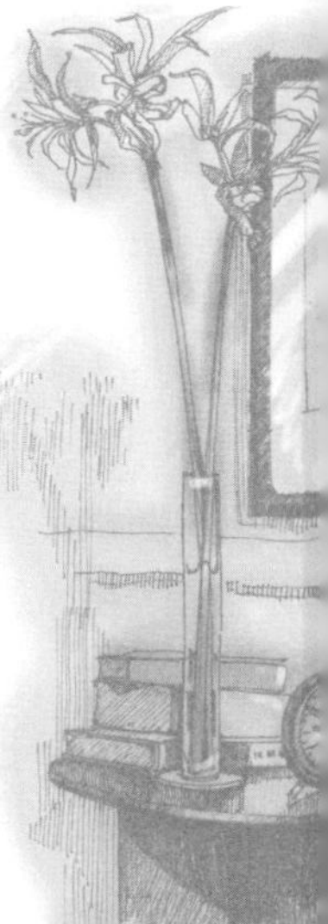

旅英期間邂逅了林長民的女兒林徽因（原名林徽音）。後來張幼儀與徐志摩離婚。最後，林徽因卻選擇了梁啓超之子梁思成。

一九二三年梁啓超（號任公）寫了長信很懇切地勸他：「萬不可以他人之痛苦，易自己之快樂。弟之此舉其於弟將來之快樂能得與否，始茫如捕風，然先已予多數人以無量之苦痛。」再則，「戀愛神聖爲今之少年所樂道。……茲事蓋可遇而不可求。……況多情多感之人，其幻象起落鶻突，而得滿足得寧帖也極難。所夢想之神聖境界恐不可得，徒以煩惱終其身已耳。」又說：「嗚呼！志摩！天下豈有圓滿之宇宙？……當知吾儕以不求圓滿爲生活態度，斯可以領略生活的妙味矣。……若沉迷於不可必得之夢境，挫折數次，生氣盡矣。鬱邑佗傺以死，死爲無名。死猶可也，最可畏者，不死不生而墮落至不復能自拔。嗚呼！志摩！可無懼耶！可無懼耶！」

志摩答覆任公的信，不承認他是把他人的苦痛來換自己的快樂。他回信說：「我之甘冒世之不韙，竭全力以鬥者，非特求免凶慘之苦痛，實求良心之安頓，求人格之確立，求靈魂之救度耳。人誰不求庸德？人誰不安現成？人誰不畏艱險？然且有突圍而出者，夫豈得已而然哉？我將於茫茫人海之中訪我唯一靈魂之伴侶。得之，我幸；不得，我命。如此而已。」以及「嗟夫吾師！我嘗奮我靈魂之精髓，以凝成一理想之明珠，涵之以熱滿之心血，明照我深奧之靈府。而庸俗忌之嫉之，輒欲麻木其靈魂，搗碎其理想，殺滅其希望，污毀其純潔！我之不流入墮落，流入庸懦，流入卑污，其幾亦微矣！」

徐志摩留學後回到北平，常與朋友王賡相聚。王賡的妻子陸小曼，對徐志摩影響甚大。陸小曼聰慧活潑，是獨生女，父親陸寶曾是日本名相伊藤博文的得意門生，回國後任賦稅司。徐志摩和陸小曼在北平交際場相識相愛，並談及婚嫁。徐父執意請梁啓超證婚，徐志摩求助於胡適，胡適果然把梁任公請了出來，梁任公在大庭廣衆之下罵徐志摩：「徐志摩，你這個人性情浮躁，所以在學問方面沒有成就，你這個人用情不專，以致離婚再娶……以後務要痛改前非，重作新人。」盛典舉行之後，徐志摩與陸小曼南下定居上海。

由於徐志摩離婚再娶，觸怒了父親，中斷了對他的經濟援助，而陸小曼生活揮霍無度，住的是三層樓的豪華住所，每月一〇〇銀洋的租金，家裡傭人衆多，有司機、廚師、男僕，還有貼身丫鬟，這些巨額花費使徐志摩入不敷支。應胡適的邀請，徐志摩兼教於北京大學，爲了貼補家用，常在上海、南京、北京間往返，同時在光華大學、東吳大學法學院、大夏大學三所大學講課，課餘還得趕寫詩文，以賺取稿費。而沉溺於跳舞、打牌、票戲等夜生活的陸小曼每天天亮才上床，睡到下午兩點才起身。

一九三一年一一月一九日，因林徽音要在北平協和禮堂爲外國使節演講「中國建築藝術」，徐志摩欲前去捧場，於早上八時搭乘中國航空公司「濟南號」郵政飛機由南京北上，然而，飛機在大霧中誤觸濟南開山墜落，徐志摩不幸罹難，一代才子得年三十四歲。

目錄

我所知道的康橋

・編按・康橋，通稱劍橋，在英國東南部，這裡指劍橋大學。

一

我這一生的周折，大都尋得出感情的線索。不論別的，單說求學。我到英國是爲要從盧梭（這裡指的是羅素（1872～1970），英國哲學家、邏輯學家，1921年曾來中國講學）。盧梭來中國時，我已經在美國。他那不確的死耗傳到的時候，我眞的出眼淚不夠，還做悼詩來了。他沒有死，我自然高興。我擺脫了哥倫比亞（這裡指哥倫比亞大學，在美國紐約）大博士銜的引誘，買船漂過大西洋，想跟這位二十世紀的福祿泰爾（即伏爾泰（1694～1778），法國啓蒙思想家、哲學家、作家）認眞念一點書去。誰知一到英國才知道事情變樣了：「一爲他在戰時主張和平，二爲他離婚，盧梭叫康橋給除名了，他原來是Trinity College的fellow（Trinity College的fellow，即三一學院〈屬劍橋大學〉的評議員），這來他的fellowship（fellowship，即評議員資格）也給取消了。他回英國後就在倫敦住下，夫妻兩人賣文章過日子。因此我也不曾遂我從學的始願。我在倫敦政治經濟學院裡混了半年，正感著悶想換路走的時候，我認識了狄更生（英國作家狄更斯）先生。狄更生——Goldsworthy Lowes Dickinson——是一個有名的作者，他的《一個中國人通信》（Letters form John chinaman）與《一個現代聚餐談話》（A Modern Symposium）兩本小冊子早得了我的景仰。

我第一次會著他是在倫敦國際聯盟協會席上，那天林宗孟（即林長民）先生演說，他做主席；第二次是宗孟寓裡喫茶，有他，以後我常到他家裡去。他看出我的煩悶，勸我到康橋去，他自己是王家學院（King's College）的fellow。我就寫信去問兩個學院，回信都說學額早滿了，隨後還是狄更生先生替我去在他的學院裡說好了，給我一個特別生的資格，隨意選科聽講。從此黑方巾、黑披袍的風光也被我占著了。初起我在離康橋六英里的鄉下叫沙士頓地方租了幾間小屋住下，同居的有我從前的夫人張幼儀女士與郭裳君。每天一早我坐街車（有時自行車）上學，到晚回家。這樣的生活過了一個春，但我在康橋還只是個陌生人，誰都不認識，康橋的生活，可以說完全不曾嘗著，我知道的只是一個圖書館，幾個課室，和三兩個吃便宜飯的茶食鋪子。狄更生常在倫敦或是大陸上，所以也不常見他。那年的秋季我一個人回到康橋，整整有一學年，那時我才有機會接近眞正的康橋生活，同時我也慢慢的「發見」了康橋。我不曾知道過更大的愉快。

二

「單獨」是一個耐尋味的現象。我有時想它是任何發見的第一個條件。你要發見你的朋友的「眞」，你得有與他單獨的機會。你要發見你自己的眞，你得給你自己一個單獨的機會。你要發見一個地方（地方一樣有靈性），你也得有單獨玩的機會。我們這一輩子，認眞說，能認識幾個人？能認識幾個地方？我們都是太匆忙，太沒有單獨的機會。說實話，我連我的本鄉都沒有什麼了解。康橋我要算是有相當交情的，再次許只有新認識的翡冷翠（即佛羅倫斯）了。啊，那些清晨，那些黃昏，我一個人發癡似的在康橋！絕對的單獨。

但一個人要寫他最心愛的對象，不論是人是地，是多麼使他為難的一個工作？你怕，你怕描壞了它，你怕說過分了惱了它，你怕說太謹慎了辜負了它。我現在想寫康橋，也正是這樣的心理，我不曾寫，我就知道這回是寫不好的——況且又是臨時逼出來的事情。但我卻不能不寫，上期預告已經出去了。我想勉強分兩節寫：一是我所知道的康橋的天然景色；一是我所知道的康橋的學生生活。我今晚只能極簡的寫些，等以後有興會時再補。

三

康橋的靈性全在一條河上；康河，我敢說是全世界最秀麗的一條水。河的名字是葛蘭大（Granta），也有叫康河（River Cam）的，許有上下流的區別，我不甚清楚。河身多的是曲折，上游是有名的拜倫潭——「Byron's Pool」——當年拜倫常在那裡玩的；有一個老村子叫格蘭騫斯德，有一個果子園，你可以躺在纍纍的桃李樹蔭下喫茶，花果會掉入你的茶杯，小雀子會到你桌上來啄食，那眞是別有一番天地。這是上游；下游是從騫斯頓下去，河面展開，那是春夏間競舟的場所。上下河分界處有一個壩築，水流急得很，在星光下聽水聲，聽近村晚鐘聲，聽河畔倦牛芻草聲，是我康橋經驗中最神祕的一種：大自然的優美、寧靜，調諧在這星光與波光的默契中不期然的淹入了你的性靈。

但康河的精華是在它的中權，著名的「Backs」，這兩岸是幾個最蜚聲的學院的建築。從上面下來是Pembroke, St. Katharine's, King's, Clare, Trinity, St. John's。最令人留連的一節是克萊亞與王家學院的毗連處，克萊亞的秀麗緊鄰著王家教堂（King's Chapel）的宏偉。別的地方盡有更美更莊嚴的建築，例如巴黎賽因河的羅浮宮一帶，威尼斯的利阿爾多大橋的兩岸，翡冷翠維基烏大橋的周遭；但康橋的「Backs」自有它的特長，這不容易用一二個狀詞來概括，它那脫盡塵埃氣的一種清澈秀逸的意境可說是超出了畫圖而化生了音樂的神味。再沒有比這一群建築更調諧更勻稱的了！論畫，可比的許只有柯羅（Corot）的田野；論音樂，可比的許只有蕭班（Chopin）（即蕭邦（1810～1849），波蘭作曲家、鋼琴家）的夜曲。就這也不能給你依稀的印象，它給你的美感簡直是神靈性的一種。

假如你站在王家學院橋邊的那棵大椈樹蔭下眺望，右側面，隔著一大方淺草坪，是我們的校友居（fellows building）那年代並不早，但它的嫵媚也是不可掩的，它那蒼白的石壁上春夏間滿綴著豔色的薔薇在和風中搖頭，更移左是那教堂，森林似的尖閣不可浼的永遠直指著天空；更左是克萊亞，啊！那不可信的玲瓏的方庭，誰說這不是聖克萊亞（St. Clare）的化身，哪一塊石上不閃耀著她當年聖潔的精神？在克萊亞後背隱約可辨的是康橋最潢貴最驕縱的三一學院（Trinity），它那臨河的圖書樓上坐鎮著拜倫神采驚人的雕像。

但這時你的注意早已叫克萊亞的三環洞橋魔術似的攝住。你見過西湖白堤上的西泠斷橋不是？（可憐它們早已叫代表近代醜惡精神的汽車公司給踩平了，現在它們跟著蒼涼的雷峰永遠辭別了人間。）你忘不了那橋上斑駁的蒼苔，木柵的古色，與那橋拱下洩露的湖光與山色不是？克萊亞並沒有那樣體面的襯托，它也不比廬山栖賢寺旁的觀音橋，上瞰五老的奇峰，下臨深潭與飛瀑；它只是怯伶伶的一座三環桐的小橋，它那橋洞間也只掩映著細紋的波鱗與婆娑的樹影，它那橋上櫛比的小穿蘭與蘭節頂上雙雙的白石球，也只是村姑子頭上不誇張的香草與野花一類的裝飾；

但你凝神的看著，更凝神的看著，你再反省你的心境，看還有一絲屑的俗念沾滯不？只要你審美的本能不曾汨滅時，這是你的機會實現純粹美感的神奇！

但你還得選你賞鑒的時辰。英國的天時與氣候是走極端的。冬天是荒謬的壞，逢著連綿的霧盲天你一定不遲疑的甘願進地獄本身去試試；春天（英國是幾乎沒有夏天的）是更荒謬的可愛，尤其是它那四、五月間最漸緩最豔麗的黃昏，那才眞是寸寸黃金。在康河邊上過一個黃昏是一服靈魂的補劑。啊！我那時蜜甜的單獨，那時蜜甜的閒暇。一晚又一晚的，只見我出神似的倚在橋闌上向西天凝望：

看一回凝靜的橋影，
數一數螺鈿的波紋：
我倚暖了石闌的青苔，
青苔涼透了我的心坎……
還有幾句更笨重的怎能彷彿那游絲似輕妙的情景：
難忘七月的黃昏，遠樹凝寂，

像墨潑的山形，襯出輕柔暝色，
密稠稠，七分鵝黃，三分橘綠，
那妙意只可去秋夢邊緣捕捉……

四

這河身的兩岸都是四季常青最蔥翠的草坪。從校友居的樓上望去，對岸草場上，不論早晚，永遠有十數匹黃牛與白馬，脛蹄沒在恣蔓的草叢中，從容的在咬嚼，星星的黃花在風中動盪，應和著它們尾鬃的掃拂。橋的兩端有斜倚的垂柳與櫥蔭護住。水是澈底的清澄，深不足四尺，勻勻的長著長條的水草。這岸邊的草坪又是我的愛寵，在清朝，在傍晚，我常去這天然的織錦上坐地，有時讀書，有時看水；有時仰臥著看天空的行雲，有時反撲著摟抱大地的溫軟。

但河上的風流還不止兩岸的秀麗。你得買船去玩。船不止一種：有普通的雙槳划船，有輕快的薄皮舟（canoe），有最別緻的長形撐篙船（punt）。最末的一種是別處不常有的：約莫有二丈長，三尺寬，你站直在船梢上用長竿撐著走的。這撐是一種技術。我手腳太蠢，始終不曾學會。你初起手嘗試時，容易把船身橫住在河中，東顛西撞的狼狽。英國人是不輕易開口笑人的，但是小心他們不出聲的皺眉！也不知有多少次河中本來優閒的秩序叫我這莽撞的外行給搗亂了。我真的始終不曾學會；每回我不服輸跑去租船再試的時候，有一個白鬍子的船家往往帶譏諷的對我說：「先生，這撐船費勁，天熱累人，還是拿個薄皮舟溜溜吧！」我哪裡肯聽話，長篙子一點就把船撐了開去，結果還是把河身一段段的腰斬了去。

你站在橋上去看人家撐，那多不費勁，多美！尤其在禮拜天有幾個專家的女郎，穿一身縞素衣服，裙裾在風前悠悠的飄著，戴一頂寬邊的薄紗帽，帽影在水草間顫動，你看她們出橋洞時的姿態，撚起一根竟像沒有分量的長竿，只輕輕的，不經心的往波心裡一點，身子微微的一蹲，這船身便波的轉出了橋影，翠條魚似的向前滑了去。她們那敏捷，那閒暇，那輕盈，真是值得歌詠的。

在初夏陽光漸暖時你去買一隻小船，划去橋邊蔭下躺著念你的書或是做你的夢，槐花香在水面上飄浮，魚群的唼喋聲在你的耳邊挑逗。或是在初秋的黃昏，近著新月的寒光，望上流僻靜處遠去。愛熱鬧的少年們攜著他們的女友，在船沿上支著雙雙的東洋彩紙燈，帶著話匣子，船心裡用軟墊鋪著，也開向無人跡處去享他們的野福——誰不愛聽那水底翻的音樂在靜定的河上描寫夢意與春光！

住慣城市的人不易知道季候的變遷。看見葉子掉知道是秋，看見葉子綠知道是春；天冷了裝爐子，天熱了拆爐子；脫下棉袍，換上夾袍，脫下夾袍，穿上單袍：不過如此罷了。天上星斗的消息，地下泥土裡的消息，空中風吹的消息，都不關我們的事。忙著哪，這樣那樣事情多著，誰耐煩管星星的移轉，花草的消長，風雲的變幻？同時我們抱怨我們的生活、苦痛、煩悶、拘束、枯燥，誰肯承認做人是快樂？誰不多少間咒詛人生？

但不滿意的生活大都是由於自取的。我是一個生命的信仰者，我信生活絕不是我們大多數人僅僅從自身經驗推得的那樣暗慘。我們的病根是在「忘本」。人是自然的產兒，就比枝頭的花與鳥是自然的產兒；但我們不幸是文明人，入世深似一天，離自然遠似一天。離開了泥土的花草，離開了水的魚，能快活嗎？能生存嗎？從大自然，我們取得我們的生命；從大自然，我們應分取得我們繼續的滋養。哪一株婆娑的大木沒有盤錯的根柢深入在無盡藏的地裡？我們是永遠不能獨立的。有幸福是永遠不離母親撫育的孩子，有健康是永遠接近自然的人們。不必一定與鹿豕遊，不必一定回「洞府」去；為醫治我們當前生活的枯窘，只要「不完全遺忘自然」一張輕淡的藥方我們的病象就有緩和的希望。在青草裡打幾個滾，到海水裡洗幾次浴，到高處去看幾次朝霞與晚照——你肩背上的負擔就會輕鬆了去的。

這是極膚淺的道理，當然。但我要沒有過過康橋的日子，我就不會有這樣的自信。我這一輩子就只那一春，說也可憐，算是不曾虛度。就只那一春，我的生活是自然的，是眞愉快的！（雖則碰巧那也是我最感受人生痛苦的時期。）我那時有的是閒暇，有的是自由，有的是絕對單獨的機會。說也奇怪，竟像是第一次，我辨認了星月的光明，草的青，花的香，流水的殷勤。我能忘記那初春的睥睨嗎？曾經有多少個清晨我獨自冒著冷去薄霜鋪地的林子裡閒步——為聽鳥語，為盼朝陽，為尋泥土裡漸次蘇醒的花草，為體會最微細最神妙的春信。啊，那是新來的畫眉在那邊凋不盡的青枝上試它的新聲！啊，這是第一朵小雪球花掙出了半凍的地面！啊，這不是新來的潮潤沾上了寂寞的柳條？

靜極了，這朝來水溶溶的大道，只遠處牛奶車的鈴聲，點綴這周遭的沉默。順著這大道走去，走到盡頭，再轉入林子裡的小徑，往煙霧濃密處走去，頭頂是交枝的榆蔭，透露著漠楞楞的曙色；再往前走去，走盡這林子，當前是平坦的原野，望見了村舍，初青的麥田，更遠三兩個饅形的小山掩住了一條通道。天邊是霧茫茫的，尖尖的黑影是近村的教寺。聽，那曉鐘和緩的清音。這一帶是此邦中部的平原，地形像是海裡的輕波，默沉沉的起伏；山嶺是望不見的，有的是常青的草原與沃腴的田壤。登那土阜上望去，康橋只是一帶茂林，擁戴著幾處娉婷的尖閣。嫵媚的康河也望不見蹤，你只能循著那錦帶似的林木想像那一流清淺。村舍與樹林是這地盤上的棋子，有村舍處有佳蔭，有佳蔭處有村舍。這早起是看炊煙的時辰：朝霧漸漸的升起，揭開了這灰蒼蒼的天幕（最好是微霰後的光景），遠近的炊煙，成絲的、成縷的、成捲的、輕快的、遲重的、濃灰的、淡青的、慘白的，在靜定的朝氣裡漸漸的上騰，漸漸的不見，彷彿是朝來人們的祈禱，參差的翳入了天聽。朝陽是難得見的，這初春的天氣。但它來時是起早人莫大的愉快。頃刻間這田野添深了顏色，一層輕紗似的金粉糝上了這草，這樹，這通道，這莊舍。頃刻間這周遭彌漫了清晨富麗的溫柔。頃刻間你的心懷也分潤了白天誕生的光榮。「春」！這勝利的晴

空彷彿在你的耳邊私語。「春」！你那快活的靈魂也彷彿在那裡回響。

伺候著河上的風光，這春來一天有一天的消息。關心石上的苔痕，關心敗草裡的花鮮，關心這水流的緩急，關心水草的滋長，關心天上的雲霞，關心新來的鳥語。怯伶伶的小雪球是探春信的小使。鈴蘭與香草是歡喜的初聲。窈窕的蓮馨，玲瓏的石水仙，愛熱鬧的克羅克斯，耐辛苦的蒲公英與雛菊——這時候春光已是爛縵在人間，更不須殷勤問訊。

瑰麗的春放。這是你野遊的時期。可愛的路政，這裡不比中國，哪一處不是坦蕩蕩的大道？徒步是一個愉快，但騎自轉車（自行車）是一個更大的愉快。在康橋騎車是普遍的技術；婦人、稚子、老翁，一致享受這雙輪舞的快樂。（在康橋聽說自轉車是不怕人偷的，就為人人都自己有車，沒人要偷。）任你選一個方向，任你上一條通道，順著這帶草味的和風，放輪遠去，保管你這半天的逍遙是你性靈的補劑。這道上有的是清蔭與美草，隨地都可以供你休憩。你如愛花，這裡多的是錦繡似的草原。你如愛鳥，這裡多的是巧囀的鳴禽。你如愛兒童，這鄉間到處是可親的稚子。你如愛人情，這裡多的是不嫌遠客的鄉人，你到處可以「掛單」借宿，有酪漿與嫩薯供你飽餐，有奪目的果鮮恣你嘗新。你如愛酒，這鄉間每「望」都爲你儲有上好的新釀，黑啤如太濃，蘋果酒、薑酒都是供你解渴潤肺的。……帶一卷書，走十里路，選一塊清靜地，看天，聽鳥，讀書，倦了時，和身在草綿綿處尋夢去——你能想像更適情更適性的消遣嗎？

陸放翁有一聯詩句：「傳呼快馬迎新月，卻上輕輿趁晚涼；」這是做地方官的風流。我在康橋時雖沒馬騎，沒轎子坐，卻也有我的風流：我常常在夕陽西曬時騎了車迎著天邊扁大的日頭直追。日頭是追不到的，我沒有夸父的荒誕，但晚景的溫存卻被我這樣偷嘗了不少。有三兩幅畫圖似的經驗至今還是栩栩的留著。只說看夕陽，我們平常只知道登山或是臨海，但實際只須遼闊的天際，平地上的晚霞有時也是一樣的神奇。有一次我趕到一個地方，手把著一家村莊的籬笆，隔著一大田的麥浪，看西天的變幻。有一次是正衝著一條寬廣的大道，過來一大群羊，放草歸來的，偌大的太陽在牠們後背放射著萬縷的金輝，天上卻是烏青青的，只剩這不可逼視的威光中的一條大路，一群生物，我心頭頓時感著神異的壓迫，我真的跪下了，對著這冉冉漸翳的金光。再有一次是更不可忘的奇景，那是臨著一大片望不到頭的草原，滿開著豔紅的罌粟，在青草裡亭亭像是萬盞的金燈，陽光從褐色雲裡斜著過來，幻成一種異樣的紫色，透明似的不可逼視，剎那間在我迷眩了的視覺中，這草田變成了……不說也罷，說來你們也是不信的！

一別二年多了，康橋，誰知我這思鄉的隱憂？也不想別的，我只要那晚鐘撼動的黃昏，沒遮攔的田野，獨自斜倚在軟草裡，看第一個大星在天邊出現！

——十五年一月十五日

（原刊一九二六年一月十六～二十五日《晨報副刊》，收入《巴黎的鱗爪》）

巴黎的鱗爪

咳巴黎！到過巴黎的一定不會再希罕天堂；嘗過巴黎的，老實的，連地獄都不想去了。整個的巴黎就像是一床野鴨絨的墊褥，襯得你通體舒泰，硬骨頭都給熏酥了的——有時許太熱一些。那也不礙事，只要你受得住。讚美是多餘的，正如讚美天堂是多餘的；咒詛也是多餘的，正如咒詛地獄是多餘的。巴黎，軟綿綿的巴黎，只在你臨別的時候輕輕地囑咐一聲「別忘了，再來！」其實連這都是多餘的。誰不想再去？誰忘得了？

香草在你的腳下，春風在你的臉上，微笑在你的周遭。不拘束你，不責備你，不督飭你，不窘你，不惱你，不揉你。它摟著你，可不縛住你：是一條溫存的臂膀，不是根繩子。它不是不讓你跑，但它那招逗的指尖卻永遠在你的記憶裡晃著。

多輕盈的步履，羅襪的絲光隨時可以沾上你記憶的顏色！

但巴黎卻不是單調的喜劇。賽因河（萊茵河）的柔波裡掩映著羅浮宮的倩影，它也收藏著不少失意人最後的呼吸。流著，溫馴的水波；流著，纏綿的恩怨。咖啡館：和著交巧的軟語，開懷的笑響，有踞坐在屋隅裡蓬頭少年計較自毀的哀思。跳舞場：和著翻飛的樂調，迷醇的酒香，有獨自支頤的少婦思量著往跡的愴心。浮動在上一層的許是光明，是歡暢，是快樂，是甜蜜，是和諧；但沉澱在底裡陽光照不到的才是人事經驗的本質：說重一點是悲哀，說輕一點是惆悵：誰不願意永遠在輕快的流波裡漾著，可得留神了你往深處去時的發見！

一天，一個從巴黎來的朋友找我閒談，談起了勁，茶也沒喝，煙也沒吸，一直從黃昏到天亮，才各自上床去躺了一歇，我一闔眼就回到了巴黎，方才朋友講的情境惝怳的把我自己也纏了進去；這巴黎的夢眞醇人，醇你的心，醇你的意志，醇你的四肢百體，那味兒除是親嘗過的誰能想像！——我醒過來時還是迷糊的忘了我在哪兒，剛巧一個小朋友進房來站在我的床前笑吟吟喊我「你做什麼夢來了，朋友，爲什麼兩眼潮潮的像哭似的？」我伸手一摸，果然眼裡有水，不覺也失笑了——可是朝來的夢，一個詩人說的，同是這悲涼滋味，正不知這淚是爲哪一個夢流的呢！

下面寫下的不成文章，不是小說，不是寫實，也不是寫夢，——在我寫的人只當是隨口曲，南邊人說的「出門不認貨」，隨你們寬容的讀者們怎樣看吧。

出門人也不能太小心了。走道總得帶些探險的意味。生活的趣味大半就在不預期的發見，要是所有的明天全是今天刻板的化身，那我們活什麼來了？正如小孩子上山就得採花，到海邊就得撿貝殼，書呆子進圖書館想撈新智慧——出門人到了巴黎就想……

你的批評也不能過分嚴正不是？少年老成——什麼話！老成是老年人的特權，也是他們的本分；說來也不是他們甘願，他們是到了年紀不得不。少年人如何能老成？老成了才是怪哪！

放寬一點說，人生只是個機緣巧合；別瞧日常生活河水似的流得平順，它那裡面多的是潛流，多的是漩渦——輪著的時候誰躲得了給捲了進去？那就是你發愁的時候，是你登仙的時候，是你辨著酸的時候，是你嘗著甜的時候。

巴黎也不定比別的地方怎樣不同：不同就在那邊生活流波裡的潛流更猛，漩渦更急，因此你叫給捲進去的機會也就更多。

我趕快得聲明我是沒有叫巴黎的漩渦給淹了去——雖則也就夠險。多半的時候我只是站在賽因河岸邊看熱鬧，下水去的時候也不能說沒有，但至多也不過在靠岸清淺處溜著，從沒敢往深處跑——這來漩渦的紋螺，勢道，力量，可比遠在岸上時認清楚多了。

一、九小時的萍水緣

我忘不了她。她是在人生的急流裡轉著的一張萍葉，我見著了它，掏在手裡把玩了一晌，依舊交還給它的命運，任它飄流去——它以前的飄泊，我不曾見來，它以後的飄泊，我也見不著，但就這曾經相識匆匆的恩緣——實際上，我與她相處不過九小時——已在我的心泥上印下蹤跡，我如何能忘，在憶起時如何能不感須臾的惆悵？

那天我坐在那熱鬧的飯店裡曾眼看著她，她獨坐在燈光最暗漆的屋角裡，這屋內哪一個男子不帶媚態，哪一個女子的胭脂口上不沾笑容，就只她：穿一身淡素衣裳，戴一頂寬邊的黑帽，在鬅密的睫毛上隱隱閃亮著深思的目光——我幾乎疑心她是修道院的女僧偶爾到紅塵裡隨喜來了。我不能不接著注意她，她的別樣的支頤的倦態，她的曼長的手指，她的落漠的神情，有意無意間的歎息，在在都激發我的好奇——雖則我那時左邊已經坐下了一個瘦的，右邊來了肥的，四條光滑的手臂不住的在我面前晃著酒杯。但更使我奇異的是她不等跳舞開始就匆匆的出去了，好像害怕或是厭惡似的。第一晚這樣，第二晚又是這樣：獨自默默的坐著，到時候又匆匆的離去。到了第三晚她再來的時候我再也忍不住不想法接近她。第一次得著的回音，雖則是「多謝好意，我再不願交友」的一個拒絕，只是加深了我的同情的好奇。我再不能放過她。巴黎的好處就在處處近人情；愛慕的自由是永遠容許的。你見誰愛慕誰想接近誰，絕不是犯罪，除非你在經程中洩漏了你的塵氣暴氣，陋相或是貧相，那不是文明的巴黎人所能容忍的。只要你「識相」，上海人說的，什麼可能的機會你都可以利用。對方人理你不理你，當然又是一回事；但只要你的步驟

對，文明的巴黎人絕不讓你難堪。

我不能放過她。第二次我大膽寫了個字條付中間人——店主人——交去。我心裡直怔怔的怕討沒趣。可是回話來了——她就走了，你跟著去吧。

她果然在飯店門口等著我。

你為什麼一定要找我說話，先生，像我這再不願意有朋友的人？

她張著大眼看我，口唇微微的顫著。

我的冒昧是不望恕的，但是我看了你憂鬱的神情，我足足難受了三天，也不知怎麼，我就想接近你，和你談一次話，如其你許我，那就是我的想望，再沒有別的意思。

眞有她那眼內綻出了淚來，我話還沒說完。

想不到我的心事又叫一個異邦人看透了……她聲音都啞了。

我們在路燈的燈光下默默的互注了一晌，並著肩沿馬路走去，走不到多遠她說不能走，我就問了她的允許僱車坐上，直望波龍尼大林園清涼的暑夜裡兜去。

原來如此，難怪你聽了跳舞的音樂像厭惡似的，但既然不願意何以每晚還去？

那是我的感情作用；我有些捨不得不去，我在巴黎一天，那是我最初遇見——他的地方，但那時候的我……可是你眞的同情我的際遇嗎，先生？我快有兩個月不開口了，不瞞你說，今晚見了你我再也不能制止，我爽性說給你我的生平的始末吧，只要你不嫌。我們還是回那飯莊去吧。

你不是厭煩跳舞的音樂嗎？

她初次笑了。多齊整潔白的牙齒，在道上的幽光裡亮著！有了你我的生氣就回復了不少，我還怕什麼音樂？

我們倆重進飯莊去選一個基角坐下，喝完了兩瓶香檳，從十一時舞影最凌亂時談起，直到早三時客人散盡侍役打掃屋子時才起身走，我在她的可憐身世的演述中遺忘了一切，當前的歌舞再不能分我絲毫的注意。

下面是她的自述。

我是在巴黎生長的。我從小就愛讀天方夜譚的故事，以及當代描寫東方的文學；啊東方，我的童眞的夢魂哪一刻不在它的玫瑰園中留戀？十四歲那年我的姊姊帶我上比京去住，她在那邊開一個時式的帽鋪，有一天我看見一個小身材的中國人來買帽子，我就覺著奇怪，一來他長得異樣的清秀，二來他爲什麼要來買那樣時式的女帽；到了下午一個女太太拿了方才買去的帽子來換了，我姊姊就問她那中國人是誰，她說是她的丈夫，說開了頭她就講她當初怎樣爲愛他觸怒了自己的父母，結果斷絕了家庭和他結婚，但她一點也不追悔，因爲她的中國丈夫待她怎樣好法，她不信西方人會得像他那樣體貼那樣溫存。我再也忘不了她說話時滿心怡悅的笑容。從此我仰慕東方的私衷又添深了一層顏色。

我再回巴黎的時候已經長成了，我父親是最寵愛我的，我要什麼他就給我什麼。我那時就愛跳舞，啊，那些迷醉輕易的時光，巴黎哪一處舞場上不見我的舞影。我的妙齡，我的顏色，我的體態，我的聰慧，尤其是我那媚人的大眼——啊，如今你見的只是悲慘的餘生再不留當時的豐韻——制定了我初期的墮落。我說墮落不是？是的，墮落，人生哪處不是墮落，這社會哪裡容得一個有姿色的女人保全她的清潔？我正快走入險路的時候，我那慈愛的老父早已看出我的傾向，私下安排了一個機會，叫我與一個有爵位的英國人接近。一個十七歲的女子哪有什麼主意，在兩個月內我就做了新娘。

說起那四年結婚的生活，我也不應得過分的抱怨，但我們歐洲的勢利的社會實在是樹心裡生了蠹，我怕再沒有回復健康的希望。我到倫敦去做貴婦人時我還是個天眞的孩子，哪有什麼機心，哪懂得虛僞的卑鄙的人間的底裡，我又是個外國人，到處遭受嫉忌與批評。還有我那叫名的丈夫。他娶我究竟爲什麼動機我始終不明白，許貪我年輕貪我貌美帶回家去廣告他自己的手段，因爲眞的我不曾感著他一息的眞情；新婚不到幾時他就對我冷淡了，其實他就沒有熱過，碰巧我是個傻孩子，一天不聽著一半句軟語，不受些溫柔的憐惜，到晚上我就不自制的悲傷。他有的是錢，有的是趨奉諂媚，成天在外打獵作樂，我愁了不來慰我，我病了不來問我，連著三年抑鬱的生涯完全消滅了我原來活潑快樂的天機，到第四年實在耽不住了，我與他吵一場回巴黎再見我父親的時候，他幾乎不認識我了。我自此就永別了我的英國丈夫。因爲雖則實際的離婚手續在他方面到前年方始辦理，他從我走了後也就不再來顧問我——這算是歐洲人夫妻的情分！

我從倫敦回到巴黎，就比久困的雀兒重復飛回了林中，眼內又有了笑，臉上又添了春色，不但身體好多，就連童年時的種種想望又在我心頭活了回來。三、四年結婚的經驗更叫我厭惡西歐，更叫我神往東方。東方，啊，浪漫的多情的東方！我心裡常常的懷念著。有一晚，那一個運定的晚上，我就在這屋子內見著了他，與今晚一樣的歌聲，一樣的舞影，想起還不就是昨天，多飛快的光陰，就可憐我一個單薄的女子，無端叫運神擺佈，在情網裡顛連，在經驗的苦海裡沉淪，朋友，我自分是已經埋葬了的活人，你何苦又來逼著我把往事掘起，我的話是簡短的，但我身受的苦惱，朋友，你信我，是不可量的；你望我的眼裡看，憑著你的同情你可以在剎那間領會我靈魂的眞際！

他是菲利濱（即菲律賓）人，也不知怎的我初次見面就迷了他。他膚色是深黃的，但他的性情是不可信的溫柔；他身材是短的，但他的私語有多叫人魂銷的魔力？啊，我到如今還不能怨他；我愛他太深，我愛他太眞，我如何能一刻忘他，雖則他到後來也是一樣的薄情，一樣的冷酷。你不倦嗎，朋友，等我講給你聽？

我自從認識了他我便傾注給他我滿懷的柔情，我想他，那負心的他，也夠他的享受，那三個月神仙似的生活！我們差不多每晚在此聚會的。祕談是他與我，歡舞是他與我，人間再有更甜美的經驗嗎？朋友你知道癡心人赤心愛戀的瘋狂嗎？因爲不僅滿足了我私心的想望，我十多年夢魂繚繞的東方理想的實現。有他我什麼都有了，此外我更有什麼沾戀？因此等到我家裡爲這事情與我開始交涉的時候，我更不躊躇的與我生身的父母根本決絕。我此時又想起了我垂髫時在比京見著的那個嫁中國人的女子，她與我一樣也爲了癡情犧牲一切，我只希冀她這時還能保持著她那純愛的生活，不比我這失運人成天在幻滅的辛辣中回味。

我愛定了他。他是在巴黎求學的，不是貴族，也不是富人，那更使我放心，因爲我早年的經驗使我迷信眞愛情是窮人才能供給的。誰知他騙了我——他家裡也是有錢的，那時我在熱戀中拋棄了家，犧牲了名譽，跟了這黃臉人離卻巴黎，辭別歐洲，經過一個月的海程，我就到了我理想的燦爛的東方。啊，我那時的希望與快樂！但才出了紅海，他就上了心事，經我再三的逼，他才告訴他家裡的實情，他父親是菲利濱最有錢的土著，性情是極嚴厲的，他怕輕易不能收受我進他們的家庭。我眞不願意把此後可憐的身世煩你的聽，朋友，但那才是我癡心人的結果，你耐心聽著吧！

東方，東方才是我的煩惱！我這回投進了一個更陌生的社會，呼吸更沉悶的空氣；他們自己中間也許有他們溫軟的人情，但輪著我的卻一樣還只是猜忌與譏刻，更不容情的刺襲我的孤獨的性靈。果然他的家庭不容我進門，把我看作一個「巴黎淌來的可疑的婦人」。我爲愛他也不知忍受了多少不可忍的侮辱，吞了多少悲淚，但我自慰的是他對我不變的恩情。因爲在初到的一時他還是不時來慰我——我獨自僦屋住著。但慢慢的也不知是人言浸潤還是他原來愛我不深，他竟然表示割絕我的意思。朋友，試想我這孤身女子犧牲了一切爲的還不是他的愛，如今連他都離了我，那我更有什麼生機？我怎的始終不曾自毀，我至今還不信，因爲我那時眞的是沒路走了。我又沒有錢，他狠心丟了我，我如何能再去纏他，這也許是我們白種人的倔強，我不久便揩乾了眼淚，出門去自尋活路。我在一個菲美合種人的家裡尋得了一個保姆的職務；天幸我生性是耐煩領小孩的——我在倫敦的日子沒孩子管，我就養貓弄狗——救活我的是那三五個活靈的孩子，黑頭髮短手指的乖乖。在那炎熱的島上我是過了兩年沒顏色的生活，得了一次凶險的熱病，從此我面上再不存青年期的光彩。我的心境正稍稍回復平衡的時候兩件不幸的事情又臨著了我：一件是我那他與另一女子的結婚，這消息使我昏絕了過去，一件是被我棄絕的慈父也不知怎的問得了我的蹤跡，來電說他老病快死要我回去。啊，天罰我！等我趕回巴黎的時候正好趕著與老人訣別，懺悔我先前的造孽！

從此我在人間還有什麼意趣？我只是個實體的鬼影，活動的屍體；我的心也早就死了，再也不起波瀾；在初次失望的時候我想像中還有個遼遠的東方，但如今東方只在我的心上留下一個鮮明的新傷，我更有什麼希冀，更有什麼心情？但我每晚還是不自主的到這飯店裡來小坐，正如死去的鬼魂忘不了他的老家！我這一生的經驗本不想再向人前吐露的，誰知又碰著了你，苦苦的追著我，逼我再一度撩撥死盡的火灰，這來你夠明白了，爲什麼我老是這落漠的神情，我猜你也是過路的客人，我深深自幸又接近一次人情的溫慰，但我不敢希望什麼，我的心是死定了的，時候也不早了，你看方才舞影凌亂的地板上現在只剩一片冷淡的燈光，侍役們已經收拾乾淨，我們也該走了，再會吧，多情的朋友！

二、「先生，你見過豔麗的肉沒有？」

我在巴黎時常去看一個朋友，他是一個畫家，住在一條老閆著魚腥的小街底頭一所老屋子的頂上一個A字式的尖閣裡，光線暗慘得怕人，白天就靠兩塊日光胰子大小的玻璃窗給裝裝幌，反正住的人不嫌就得，他是照例不過正午不起身，不近天亮不上床的一位先生，下午他也不居家，起碼總得上燈的時候他才脫下了他的外褂露出兩條破爛的臂膀埋身在他那豔麗的垃圾窩裡開始他的工作。

豔麗的垃圾窩——它本身就是一幅妙畫！我說給你聽聽。貼牆有精窄的一條上面蓋著黑毛氈的算是他的床，在這上面就准你規規矩矩的躺著，不說起坐一定扎腦袋，就連翻身也不免冒犯斜著下來永遠不退讓的屋頂先生的身分！承著頂尖全屋子頂寬舒的部分放著他的書桌——我捏著一把汗叫它書桌，其實還用提嗎，上邊什麼法寶都有，畫冊子、稿本、黑炭、顏色盤子、爛襪子、領結、軟領子、熱水瓶子壓癟了的、燒乾了的酒精燈、電筒、各色的藥瓶。彩油瓶、髒手絹、斷頭的筆桿、沒有蓋的黑水瓶子、一柄手槍，那是瞞不過我花七法郎在密歇耳大街路旁舊貨攤上換來的。照相鏡子、小手鏡、斷齒的梳子、蜜膏、晚上喝不完的咖啡杯、詳夢的小書，還有——還有可疑的小紙盒兒、凡士林一類的油膏……一隻破木板箱一頭漆著名字上面蒙著一塊灰色布的是他的梳粧台兼書架，一個洋磁面盆半盆的胰子水似乎都叫一部舊版的盧騷集子給饕了去，一頂便帽套在洋瓷長提壺的耳柄上，從袋底裡倒出來的小銅錢錯落的散著像是土耳其人的符咒，幾隻稀小的爛蘋果圍著一條破香蕉像是一群大學教授們圍著一個教育次長索薪……

壁上看得更斑爛了：這是我頂得意的一張龐那（即波納爾（1867～1947），法國畫家，納比派代表人物之一）的底稿當廢紙買來的，這是我臨蒙內（即馬奈（1832～1883），法國畫家，印象派創始人之一）的裸體，不十分行，我來撩起燈罩你可以看清楚一點，草色太濃了，那膝部畫壞了，這一小幅更名貴，你認是誰，羅丹的！那是我前年最大的運氣，也算是錯來的，老巴黎就是這點子便宜，挨了半年八個月的餓不要緊，只要有機會撈著眞東西，這還不值得！那邊一張擠在兩幅油畫縫裡的，你見了沒有，也是有來歷的，那是我前年趁馬克倒楣路過佛蘭克福德（即法蘭克福，德國城市。這句話提到的「馬克倒楣」，是指當時德國貨馬克的貶值）時夾手搶來的，是眞的孟察爾（即孟克（1863～1944），挪威畫家，曾居住德國）都難說，就差糊了一點，現在你給三千法郎我都不賣，加倍再加倍都值，你信不信？再看那一長條……在他那手指東點西的賣弄他的家珍的時候，你竟會忘了你站著的地方是不夠六尺闊的一間閣樓，倒像跨在你頭頂那兩片斜著下來的屋頂也順著他那藝術談法術似的隱了去，露出一個爽愷的高天，壁上的疙瘩，壁蟢窠，霉塊，釘疤，全化成了哥羅（即柯羅（1796～1875），法國畫家）畫幀中「飄颻欲化煙」的最美麗林樹與輕快的流澗；桌上的破領帶及手絹爛香蕉臭襪子等等也全變形成戴大闊邊稻草帽的牧童們，偎著樹打盹的，牽著牛在澗裡喝水的，手反襯著腦袋放平在青草地上瞪眼看天的，斜眼溜著那邊走進來的娘們手按著音腔吹橫笛的——可不是那邊來了一群娘們，全是年歲青青的，露著胸膛，散著頭髮，還有光著白腿的在青草地上跳著來了？……唵！小心扎腦袋，這屋子眞彆扭，你出什麼神來了？想著你的Bel Ami（這個法語詞組有誤，應爲Bon Ami（好朋友），或Belle Amie

（漂亮的女朋友），從文中意思看似指後者）對不對？你到巴黎快半個月，該早有落兒了，這年頭收成眞容易——嘸，太容易了！誰說巴黎不是理想的地獄？你吸煙斗嗎？這兒有自來火。對不起，屋子裡除了床，就是那張彈簧早經追悼過了的沙發，你坐坐吧，給你一個墊子，這是全屋子頂溫柔的一樣東西。

不錯，那沙發，這閣樓上要沒有那張沙發，主人的風格就落了一個極重要的原素。說它肚子裡的彈簧完全沒了勁，在主人說是太謙，在我說是簡直污蔑了它。因爲分明有一部分內簧是不曾死透的，那在正中間，看來倒像是一座分水嶺，左右都是往下傾的，我初坐下時不提防它還有彈力，倒叫我駭了一下；靠手的套布可眞是全霉了，露著黑黑黃黃不知是什麼貨色，活像主人襯衫的袖子。我正落了坐，他咬了咬嘴唇翻一翻眼珠微微的笑了。笑什麼了你？我笑——你坐上沙發那樣兒叫我想起愛菱。愛菱是誰？她呀——她是我第一個模特兒。模特兒？你的？你的破房子還有模特兒，你這窮鬼花得起……別急，究竟是中國初來的，聽了模特兒就這樣的起勁，看你那脖子都上紅印了！本來不算事，當然，可是我說像你這樣的破雞棚……破雞棚便怎麼樣，耶穌生在馬號裡的，安琪兒們都在馬矢裡跪著禮拜哪！別忙，好朋友，我講你聽。如其巴黎人有一個好處，他就是不勢利！中國人頂糟了，這一點；窮人有窮人的勢利，闊人有闊人的勢利，半不闌珊的有半不闌珊的勢利——那才是半開化，才是野蠻！你看像我這樣子，頭髮像刺蝟，八九天不刮的破鬍子，半年不收拾的髒衣服，鞋帶扣不上的皮鞋——要在中國，誰不叫我外國叫化子，哪配進北京飯店一類的勢利場；可是在巴黎，我就這樣兒隨便問哪一個衣服頂漂亮脖子搽得頂香的娘們跳舞，十回就有九回成，你信不信？至於模特兒，那更不成話，哪有在巴黎學美術的，不論多窮，一年裡不換十來個眼珠亮亮的來坐樣兒？屋子破更算什麼？波希民（即波希米亞人）的生活就是這樣，按你說模特兒就不該坐壞沙發，你得準備杏黃貢緞繡丹鳳朝陽做墊的太師椅請她坐你才安心對不對？再說……

別再說了！算我少見世面，算我是鄉下老戇，得了；可是說起模特兒，我倒有點好奇，你何妨講些經驗給我長長見識？有真好的沒有？我們在美術院裡見著的什麼維納絲得米羅（即米羅的維納斯（Venus de Milo），米羅是義大利的一個島），維納絲梅第妻（即維納斯梅迪西（Venus Medici），梅迪西是義大利的愛神），還有鐵青（即提香（1490~1576），義大利文藝復興盛期威尼斯派畫家）的，魯班師

（即魯本斯（1577～1640），佛蘭德斯畫家）的，鮑第千里（即波提切利（1445～1510），義大利文藝復興盛期畫家）的，丁稻來篤（即丁托列托（1518～1594），義大利文藝復興後期威尼斯派畫家）的，箕奧其安（即喬爾喬尼（1477～1510），義大利文藝復興時期威尼斯派畫家）的裸體實在是太美，太理想，太不可能，太不可思議？反面說，新派的比如雪尼約克（即西涅克（1863～1935），法國畫家，新印象派（點彩派）代表人物）的，瑪提斯（即馬蒂斯（1869～1954），法國畫家，野獸派代表人物）的，塞尚的，高耿（即高更（1849～1903），法國畫家，印象派之後的代表人物）的，弗朗刺馬克（即弗朗茨．馬爾克（1880～1916），德國畫家，表現主義畫派代表人物）的，又是太醜，太損，太不像人，一樣的太不可能，太不可思議。人體美，究竟怎麼一回事？我們不幸生長在中國，女人衣服一直穿到下巴底下，腰身與後部看不出多大分別的世界裡，實在是太蒙昧無知，太不開眼。可是再說呢，東方人也許根本就不該叫人開眼的，你看過約翰巴里士（即約翰．貝勒斯（1654～1725），英國教育思想家）那本《沙揚娜拉》（莎喲娜娜）沒有，他那一段形容一個日本裸體舞女——就是一張臉子粉搽得像棺材裡爬起來的顏色，此

外耳朵以後下巴以下就比如一節蒸不透的珍珠米！——看了眞叫人噁心。你們學美術的才有第一手的經驗，我倒是……

你倒是眞有點羨慕，對不對？不怪你，人總是人。不瞞你說，我學畫畫原來的動機也就是這點子對人體祕密的好奇。你說我窮相，不錯，我眞是窮，飯都吃不出，衣都穿不全，可是模特兒——我怎麼也省不了。這對人體美的欣賞在我已經成了一種生理的要求，必要的奢侈，不可擺脫的嗜好；我寧可少吃儉穿，省下幾個法郎來多僱幾個模特兒。你簡直可以說我是著了迷，成了病，發了瘋，愛說什麼就什麼，我都承認——我就不能一天沒有一個精光的女人耽在我的面前供養，安慰，餵飽我的「眼淫」。當初羅丹我猜也一定與我一樣的狼狽，據說他那房子裡老是有剝光了的女人，也不爲坐樣兒，單看她們日常生活「實際的」多變化的姿態——他是一個牧羊人，成天看著一群剝了毛皮的馴羊！魯班師那位窮凶極惡的大手筆，說是常難爲他太太做模特兒，結果因爲他成天不斷的畫他太太竟許連穿褲子的空兒都難得有！但如果這話是眞的魯班師還是太傻，難怪他那畫裡的女人都是這剝白豬似的單調，少變化；美的分配在人體上是極神祕的一個現象，我不信有理想的全材，不論男女我想幾乎是不可能的；上帝拿著一把顏色望地面上撒，玫瑰、羅蘭、石榴、玉簪、剪秋羅，各樣都沾到了一種或幾種的彩澤，但絕沒有一種花包涵所有可能的色調的，那如其有，按理論講，豈不是又得回復了沒顏色的本相？人體美也是這樣的，有的美在胸部，有的腰部，有的下部，有的頭髮，有的手，有的腳踝，那不可理解的骨骼，筋肉，肌理的會合，形成各各不同的線條，色調的變化，皮面的漲度，毛管的分配，天然的姿態，不可制止的表情——也得你不怕麻煩細心體會發見去，上帝沒有這樣便宜你的事情，他絕不給你一個具體的絕對美，如果有我們所有藝術的努力就沒了意義；巧妙就在你明知這山裡有金子，可是在哪一點你得自己下工夫去找。啊！說起這藝術家審美的本能，我真要閉著眼感謝上帝——要不是它，豈不是所有人體的美，說窄一點，都變了古長安道上歷代帝王的墓窟，全叫一層或幾層薄薄的衣服給埋沒了！回頭我給你看我那張破床底下有一本寶貝，我這十年血汗辛苦的成績——千把張的人體臨摹，而且十分之九是在這間破雞棚裡勾下的，別看低我這張彈簧早經追悼了的沙發，這上面落坐過至少一、二百個當得起美字的女人！別提專門做模特兒的，巴黎哪一個不知道俺家黃臉什麼，那不算稀奇，我自負

的是我獨到的發見：一半因爲看多了緣故，女人肉的引誘在我差不多完全消滅在美的欣賞裡面，結果在我這雙「淫眼」看來，一絲不掛的女人就同紫霞宮裡翻出來的屍首穿得重重密密的搖不動我的性慾，反面說當眞穿著得極整齊的女人，不論她在人堆裡站著，在路上走著，只要我的眼到，她的衣服的障礙就無形的消滅，正如老練的礦師一瞥就認出礦苗，我這美術本能也是一瞥就認出「美苗」，一百次裡錯不了一次；每回發見了可能的時候，我就非想法找到她剝光了她叫我看個滿意不成，上帝保佑這文明的巴黎，我失望的時候眞難得有！我記得有一次在戲院子看著了一個貴婦人，實在沒法想（我當然試來）我那難受就不用提了，比發瘧疾還難受——她那特長分明是在小腹與……

夠了夠了！我倒叫你說得心癢癢的。人體美！這門學問，這門福氣，我們不幸生長在東方誰有機會研究享受過來？可是我既然到了巴黎，又幸氣碰著你，我倒眞想叨你的光開開我的眼，你得替我想法，要找在你這宏富的經驗中比較最貼近理想的一個看看……

你又錯了！什麼，你意思花就許巴黎的花香，人體就許巴黎的美嗎？太滅自己的威風了！別信那巴里士什麼《沙揚娜拉》的胡說；聽我說，正如東方的玫瑰不比西方的玫瑰差什麼香味，東方的人體在得到相當的栽培以後，也同樣不能比西方的人體差什麼美——除了天然的限度，比如骨骼的大小，皮膚的色彩。同時頂要緊的當然要你自己性靈裡有審美的活動，你得有眼睛，要不然這宇宙不論它本身多美多神奇在你還是白來的。我在巴黎苦過這十年，就爲前途有一個宏願：我要張大了我這經過訓練的「淫眼」到東方去發見人體美——誰說我沒有大文章做出來？至於你要借我的光開開眼，那是最容易不過的事情，可是我想想——可惜了！有個馬達姆（法語Madam的音譯，即「太太」、「女士」）朗灑，原先在巴黎大學當物理講師的，你看了準忘不了，現在可不在了，到倫敦去了；還有一個馬達姆薛托漾，她是遠在南邊鄉下開麵包鋪子的，她就夠打倒你所有的丁稻來篤，所有的鐵青，所有的箕奧其安內——尤其是給你這未入流看，長得太美了，她通體就看不出一根骨頭的影子，全叫匀匀的肉給隱住的，圓的，潤的，有一致節奏的，那妙是一百個哥蒂藹（即戈蒂埃（1811～1872），法國詩人、小說家、批評家）也形容不全的，尤其是她那腰以下的結構，眞是奇蹟！你從義大利來該見過西龍尼維納絲（西龍尼

（cyrene），古希臘城）的殘像，就那也只能彷彿，你不知道那活的氣息的神奇，什麼大藝術天才都沒法移植到畫布上或是石塑上去的；（因此我常常自己心裡辯論究竟是藝術高出自然還是自然高出藝術，我怕上帝僭先的機會畢竟比凡人多些。）不提別的單就她站在那裡你看，從小腹接榁上股那兩條交薈的弧線起直往下貫到腳著地處止，那肉的浪紋就比是——實在是無可比——你夢裡聽著的音樂：不可信的輕柔，不可信的勻淨，不可信的韻味——說粗一點，那兩股相並處的一條線直貫到底，不漏一屑的破綻，你想通過一根髮絲或是吹度一絲風息都是絕對不可能的——但同時又絕不是肥肉的黏著，那就呆了。眞是夢！唉，就可惜多美一個天才偏叫一個身高六尺三寸長紅鬍子的麵包師給糟蹋了；眞的這世上的因緣說來眞怪，我很少看見美婦人不嫁給猴子類牛類水馬類的醜男人！但這是支話。眼前我招得到的，夠資格的也就不少——有了，方才你坐上這沙發的時候叫我想起了愛菱，也許你與她有緣分，我就爲你招她去吧，我想應該可以容易招到的。可是上哪兒呢？這屋子終究不是欣賞美婦人的理想背景，第一不夠開展，第二光線不夠——至少爲外行人像你一類著想……我有了一個頂好的主意，你遠來客我也該獨出心裁招待你一次，好在愛菱與我特別的熟，我要她怎麼她就怎麼；暫且約定後天吧，你上午十二點到我這裡來，我們一同到芳丹薄羅（即楓丹白露，巴黎遠郊的一處遊覽地）的大森林裡去，那是我常遊的地方，尤其是阿房奇石相近一帶，那邊有的是天然的地毯，這一時是自然最妖豔的日子，草青得滴得出翠來，樹綠得漲得出油來，松鼠滿地滿樹都是，也不很怕人，頂好玩的，我們決計到那一帶去祕密野餐吧——至於「開眼」的話，我包你一個百二十分的滿足，將來一定是你從歐洲帶回家最不易磨滅的一個印象！一切有我佈置去，你要是願意貢獻的話，也不用別的，就要你多買大楊梅，再帶一瓶橘子酒，一瓶綠酒，我們享半天閒福去。現在我講得也累了，我得躺一會兒，我拿我床底下那本祕本給你先揣摹揣摹……

隔一天，我們從芳丹薄羅林子裡回巴黎的時候，我彷彿剛做了一個最荒唐，最豔麗，最祕密的夢。

十四年十二月二十一日

（原刊一九二五年十二月十六、十七、二十四日《晨報副刊》

翡冷翠山居閒話

．編按．翡冷翠即佛羅倫斯，義大利中部城市，文藝復興時期歐洲最著名的藝術中心。

在這裡出門散步去，上山或是下山，在一個晴好的五月的向晚，正像是去赴一個美的宴會，比如去一果子園，那邊每株樹上都是滿掛著詩情最秀逸的果實，假如你單是站著看還不滿意時，只要你一伸手就可以採取，可以恣嘗鮮味，足夠你性靈的迷醉。陽光正好暖和，絕不過暖；風息是溫馴的，而且往往因爲他是從繁花的山林裡吹度過來他帶來一股幽遠的淡香，連著一息滋潤的水氣，摩挲著你的顏面，輕繞著你的肩腰，就這單純的呼吸已是無窮的愉快；空氣總是明淨的，近谷內不生煙，遠山上不起靄，那美秀風景的全部正像畫片似的展露在你的眼前，供你閒暇的鑒賞。

作客山中的妙處，尤在你永不須躊躇你的服色與體態；你不妨搖曳著一頭的蓬草，不妨縱容你滿腮的苔蘚；你愛穿什麼就穿什麼；扮一個牧童，扮一個漁翁，裝一個農夫，裝一個走江湖的桀卜閃（即吉普賽人），裝一個獵戶；你再不必提心整理你的領結，你盡可以不用領結，給你的頸根與胸膛一半日的自由，你可以拿一條這邊顏色的長巾包在你的頭上，學一個太平軍的頭目，或是拜倫那埃及裝的姿態；但最要緊的是穿上你最舊的舊鞋，別管他模樣不佳，他們是頂可愛的好友，他們承著你的體重卻不叫你記起你還有一雙腳在你的底下。

這樣的玩頂好是不要約伴，我竟想嚴格的取締，只許你獨身；因爲有了伴多少總得叫你分心，尤其是年輕的女伴，那是最危險最專制不過的旅伴，你應得躲避她像你躲避青草裡一條美麗的花蛇！平常我們從自己家裡走到朋友的家裡，或是我們執事的地方，那無非是在同一個大牢裡從一間獄室移到另一間獄室去，拘束永遠跟著我們，自由永遠尋不到我們；但在這春夏間美秀的山中或鄉間你要是有機會獨身閒逛時，那才是你福星高照的時候，那才是你實際領受，親口嘗味，自由與自在的時候，那才是你肉體與靈魂行動一致的時候；朋友們，我們多長一歲年紀往往只是加重我們頭上的枷，加緊我們腳脛上的鏈，我們見小孩子在草裡在沙堆裡在淺水裡打滾作樂，或是看見小貓追他自己的尾巴，何嘗沒有羨慕的時候，但我們的枷，我們的鏈永遠是制定我們行動的上司！所以只有你單身奔赴大自然的懷抱時，像一個裸體的小孩撲入他母親的懷抱時，你才知道靈魂的愉快是怎樣的，單是活著的快樂是怎樣的，單就呼吸單就走道單就張眼看聳耳聽的幸福是怎樣的。因此你得嚴格的爲己，極端的自私，只許你，體魄與性靈，與自然同在一個脈搏裡跳動，同在一個音波裡起伏，同在一個神奇的宇宙裡自得。我們渾樸的天真是像含羞草似的嬌柔，一經同伴的抵觸，他就捲了起來，但在澄靜的日光下，和風中，他的恣態是自然的，他的生活是無阻礙的。

你一個人漫遊的時候，你就會在青草裡坐地仰臥，甚至有時打滾，因爲草的和暖的顏色自然的喚起你童稚的活潑；在靜僻的道上你就會不自主的狂舞，看著你自己的身影幻出種種詭異的變相，因爲道旁樹木的陰影在他們紆徐的婆娑裡暗示你舞蹈的快樂；你也會得信口的歌唱，偶爾記起斷片的音調，與你自己隨口的小曲，因爲樹林中的鶯燕告訴你春光是應得讚美的；更不必說你的胸襟自然會跟著曼長的山徑開拓，你的心地會看著澄藍的天空靜定，你的思想和著山壑間的水聲，山罅裡的泉響，有時一澄到底的清澈，有時激起成章的波動，流，流，流入涼爽的橄欖林中，流入嫵媚的阿諾河去……

並且你不但不須應伴，每逢這樣的遊行，你也不必帶書。書是理想的伴侶，但你應得帶書，是在火車上，在你住處的客室裡，不是在你獨身漫步的時候。什麼偉大的深沉的鼓舞的清明的優美的思想的根源不是可以在風籟中，雲彩裡，山勢與地形的起伏裡，花草的顏色與香息裡尋得？自然是最偉大的一部書，葛德（即歌德）說，在他每一頁的字句裡我們讀得最深奧的消息。並且這書上的文字是人人懂得的；阿爾帕斯（即阿爾卑斯）與五老峰，雪西里（即西西里島）與普陀山，來因河（即萊茵河）與揚子江，梨夢湖（即日內瓦湖，亦稱萊蒙湖）與西子湖，建蘭與瓊花，杭州西溪的蘆雪與威尼市（即威尼斯）夕照的紅潮，百靈與夜鶯，更不提一般黃的黃麥，一般紫的紫藤，一般青的青草同在大地上生長，同在和風中波動——他們應用的符號是永遠一致的，他們的意義是永遠明顯的，只要你自己性靈上不長瘡瘢，眼不盲，耳不塞，這無形跡的最高等教育便永遠是你的名分，這不取費的最珍貴的補劑便永遠供你的受用；只要你認識了這一部書，你在這世界上寂寞時便不寂寞，窮困時不窮困，苦惱時有安慰，挫折時有鼓勵，軟弱時有督責，迷失時有南針（即指南針）。

十四年七月

（原刊一九二五年七月四日《現代評論》第2卷第30期，重刊同年八月五日《晨報副刊·文學旬刊》，收入《巴黎的鱗爪》）

泰山日出

振鐸（即鄭振鐸（1898～1958），作家、編輯、文學活動家。他是文學研究會發起人之一，當時正主編《小說月報》）來信要我在《小說月報》的泰戈爾號上說幾句話。我也曾答應了，但這一時遊濟南遊泰山遊孔陵，太樂了，一時竟拉不攏心思來做整篇的文字，一直挨到現在期限快到，只得勉強坐下來，把我想得到的話不整齊的寫出。

我們在泰山頂上看出太陽。在航過海的人，看太陽從地平線下爬上來，本不是奇事；而且我個人是曾飽飫過江海與印度洋無比的日彩的。但在高山頂上看日出，尤其在泰山頂上，我們無饜的好奇心，當然盼望一種特異的境界，與平原或海上不同的。果然，我們初起時，天還暗沉沉的，西方是一片的鐵青，東方些微有些白意，宇宙只是——如用舊詞形容——一體莽莽蒼蒼的。但這是我一面感覺勁烈的曉寒，一面睡眼不曾十分醒豁時約略的印象。等到留心回覽時，我不由得大聲的狂叫——因爲眼前只是一個見所未見的境界。原來昨夜整夜暴風的工程，卻砌成一座普遍的雲海。除了日觀峰與我們所在的玉皇頂以外，東西南北只是平鋪著彌漫的雲氣，在朝旭未露前，宛似無量數厚毳長絨的綿羊，交頸接背的眠著，捲耳與彎角都依稀辨認得出。那時候在這茫茫的雲海中，我獨自站在霧靄溟蒙的小島上，發生了奇異的幻想——

我軀體無限的長大，腳下的山巒比例我的身量，只是一塊拳石；這巨人披著散髮，長髮在風裡像一面墨色的大旗，颯颯的在飄蕩。這巨人豎立在大地的頂尖上，仰面向著東方，平拓著一雙長臂，在盼望，在迎接，在催促，在默默的叫喚；在崇拜，在祈禱，在流淚——在流久慕未見而將見悲喜交互的熱淚……

這淚不是空流的，這默禱不是不生顯應的。

巨人的手，指向著東方——

東方有的，在展露的，是什麼？

東方有的是瑰麗榮華的色彩，東方有的是偉大普照的光明——出現了，到了，在這裡了……

玫瑰汁、葡萄漿、紫荊液、瑪瑙精、霜楓葉——大量的染工，在層累的雲底工作；無數蜿蜒的魚龍，爬進了蒼白色的雲堆。

一方的異彩，揭去了滿天的睡意，喚醒了田隅的明霞——光明的神駒，在熱奮地馳騁……

雲海也活了；眠熟了獸形的濤瀾，又回復了偉大的呼嘯，昂頭搖尾的向著我們朝露染青饅形的小島沖洗，激起了四岸的水沫浪花，震盪著這生命的浮礁，似在報告光明與歡欣之臨蒞……

再看東方——海句力士已經掃蕩了他的阻礙，雀屏似的金霞，從無垠的肩上產生，展開在大地的邊沿。起……起……用力，用力。純焰的圓顱，一探再探的躍出了地平，翻登了雲背，臨照在天空……

歌唱呀，讚美呀，這是東方之復活，這是光明的勝利……

散發禱祝的巨人，他的身彩橫亙在無邊的雲海上，已經漸漸的消翳在普遍的歡欣裡；現在他雄渾的頌美的歌聲，也已在霞采變幻中，普徹了四方八隅……

聽呀，這普徹的歡聲；看呀，這普照的光明！

這是我此時回憶泰山日出時的幻想，亦是我想望泰戈爾來華的頌詞。

（原刊一九二二年九月《小說月報》第14卷第9號）

天目山中筆記

佛於大眾中　說我當作佛　聞如是法音　疑悔悉已除
初聞佛所說　心中大驚疑　將非魔作佛　惱亂我心耶

——蓮華經譬喻品

山中不定是清靜。廟宇在參天的大木中間藏著，早晚間有的是風，松有松聲，竹有竹韻，鳴的禽，叫的蟲子，閣上的大鐘，殿上的木魚，廟身的左邊右邊都安著接泉水的粗毛竹管，這就是天然的笙簫，時緩時急的參和著天空地上種種的鳴籟。靜是不靜的；但山中的聲響，不論是泥土裡的蚯蚓叫或是轎夫們深夜裡「唱寶」的異調，自有一種各別處：它來得純粹，來得清亮，來得透澈，冰水似的沁入你的脾肺；正如你在泉水裡洗濯過後覺得清白些，這些山籟，雖則一樣是音響，也分明有洗淨的功能。

夜間這些清籟搖著你入夢，清早上你也從這些清籟的懷抱中蘇醒。

山居是福，山上有樓住更是修得來的。我們的樓窗開處是一片蓊蔥的林海；林海外更有雲海！日的光，月的光，星的光：全是你的。從這三尺方的窗戶你接受自然的變幻；從這三尺方的窗戶你散放你情感的變幻。自在；滿足。

今早夢回時睜眼見滿帳的霞光。鳥雀們在讚美；我也加入一份。它們的是清越的歌唱，我的是潛深一度的沉默。

鐘樓中飛下一聲宏鐘，空山在音波的磅礴中震盪。這一聲鐘激起了我的思潮。不，潮字太誇；說思流吧。耶教人說阿門，印度教人說「歐姆」（O—m），與這鐘聲的嗡嗡，同是從撮口外攝到闔口內包的一個無限的波動：分明是外擴，卻又是內潛；一切在它的周緣，卻又在它的中心：同時是板又是核，是軸亦復是廓。「這偉大奧妙的『Om』」使人感到動，又感到靜；從靜中見動，又從動中見靜。從安住到飛翔，又從飛翔回復安住；從實在境界超入妙空，又從妙空化生實在：——

「聞佛柔軟音，深遠甚微妙。」

多奇異的力量！多奧妙的啓示！包容一切衝突性的現象，擴大刹那間的視域，這單純的音響，於我是一種智靈的洗淨。花開，花落，天外的流星與田畦間的飛螢，上綃雲天的青松，下臨絕海的巉岩，男女的愛，珠寶的光，火山的熔液：一嬰兒在他的搖籃中安眠。

這山上的鐘聲是晝夜不間歇的，平均五分鐘時一次。打鐘的和尚獨自在鐘頭上住著，據說他已經不間歇的打了十一年鐘，他的願心是打到他不能動彈的那天。鐘樓上供著菩薩，打鐘人在大鐘的一邊安著他的「座」，他每晚是坐著安神的，一隻手挽著鐘椎的一頭，從長期的習慣，不叫睡眠耽誤他的職司。「這和尚，」我自忖，「一定是有道理的！和尚是沒道理的多：方才那知客僧想把七竅蒙充六根，怎麼算總多了一個鼻孔或是耳孔；那方丈師的談吐裡不少某督軍與某省長的點綴；那管半山亭的和尚更是貪嗔的化身，無端摔破了兩個無辜的茶碗。但這打鐘和尚，他一定不是庸流不能不去看看！」他的年歲在五十開外，出家有二十幾年，這鐘樓，不錯，是他管的，這鐘是他打的（說著他就過去撞了一下），他每晚，也不錯，是坐著安神的，但此外，可憐，我的俗眼竟看不出什麼異樣。他拂拭著神龕，神坐，拜墊，換上香燭，掇一盂水，洗一把青菜，撚一把米，擦乾了手接受香客的佈施，又轉身去撞一聲鐘。他臉上看不出修行的清耀，卻沒有失眠的倦態，倒是滿滿的不時有笑容的展露；念什麼經；不，就念阿彌陀佛，他竟許是不認識字的。「那一帶是什麼山，叫什麼，和尚？」「這裡是天目山。」他說。「我知道，我說的是那一帶的。」我手點著問。「我不知道。」他回答。

山上另有一個和尚，他住在更上去昭明太子（即南朝梁武帝長子蕭統，立爲太子，未及位而卒，謚號昭明。他信佛能文，曾招聚文人學士，編集《文選》）讀書台的舊址，蓋著幾間屋，供著佛像，也歸廟管的。叫作茅棚，但這不比得普陀山上的眞茅棚，那看了怕人的，坐著或是偎著修行的和尚沒一個不是鵠鳩面，鬼似的東西。他們不開口的多，你愛佈施什麼就放在他跟前的簍子或是盤子裡，他們怎麼也不睜眼，不出聲，隨你給的是金條或是鐵條。人說得更奇了。有的半年沒有吃過東西，不曾挪過窩，可還是沒有死，就這冥冥的坐著。他們大約離成佛不遠了，單看他們的臉色，就比石片泥土不差什麼，一樣這黑刺刺，死僵僵的。「內中有幾個，」香客們說，「已經成了活佛，我們的祖母早三十年來就看見他們這樣坐著的！」

但天目山的茅棚以及茅棚裡的和尚，卻沒有那樣的浪漫出奇。茅棚是儘夠蔽風雨的屋子，修道的也是活鮮鮮的人，雖則他並不因此減卻他給我們的趣味。他是一個高身材、黑面目，行動遲緩的中年人；他出家將近十年，三年前坐過禪關，現在這山上茅棚裡來修行；他在俗家時是個商人，家中有父母兄弟姊妹，也許還有自身的妻子；他不曾明說他中年出家的緣由。他只說「俗業太重了，還是出家從佛的好。」但從他沉著的語音與持重的神態中可以覺出他不僅是曾經在人事上受過磨折，並且是在思想上能分清黑白的人。他的口，他的眼，都洩漏著他內裡強自抑制，魔與佛交鬥的痕跡；說他是放過火殺過人的懺悔者，可信；說他是個回頭的浪子，也可信。他不比那鐘樓上人的不著顏色，不露曲折：他分明是色的世界裡逃來的一個囚犯。三年的禪關，三年的草棚，還不曾壓倒，不曾滅淨，他肉身的烈火。

「俗業太重了，不如出家從佛的好」；這話裡豈不顫慄著一往懺悔的深心？我覺著好奇；我怎麼能得知他深夜趺坐時意念的究竟？

佛於大眾中　說我當作佛　聞如是法音　疑悔悉已除

初聞佛所說　心中大驚疑　將非魔所說　惱亂我心耶

但這也許看太奧了。我們承受西洋人生觀洗禮的，容易把做人看太積極，入世的要求太猛烈，太不肯退讓，把住這熱虎虎的一個身子一個心放進生活的軋床去，不叫他留存半點汁水回去；非到山窮水盡的時候，絕不肯認輸，退後，收下旗幟；並且即使承認了絕望的表示，他往往直接向生存本體的取決，不來半不闌珊的收回了步子向後退：寧可自殺，乾脆的生命的斷絕，不來出家，那是生命的否認。不錯，西洋人也有出家做和尚做尼姑的，例如亞佩臘（未詳）與愛洛綺絲（即愛洛伊絲，十二世紀時一位法國青年女子，因與她的老師阿卜略爾戀愛而導致一場悲劇，終而遁世），但在他們是情感方面的轉變，原來對人的愛移作對上帝的愛，這知感的自體與它的活動依舊不念糊的在著；在東方人，這出家是求情感的消滅，皈依佛法或道法，目的在自我一切痕跡的解脫。再說，這出家或出世的觀念的老家，是印度不是中國，是跟著佛教來的；印度可以會發生這類思想，學者們自有種種哲理上乃至物理上的解釋，也盡有趣味的。中國何以能容留這類思想，並且在實際上出家做尼僧的今天不比以前少。（我新近一個朋友差一點做了小和尙！）這問題正值得研究，因爲這分明不僅僅是個知識乃至意識的淺深問題，也許這情形盡有極有趣味的解釋的可能，我見聞淺，不知道我們的學者怎樣想法，我願意領教。

十五年九月

（原刊一九二六年九月四日《晨報副刊》，收入《巴黎的鱗爪》）

北戴河海濱的幻想

他們都到海邊去了。我為左眼發炎不曾去。我獨坐在前廊，偎坐在一張安適的大椅內，袒著胸懷，赤著腳，一頭的散髮，不時有風來撩拂。清晨的晴爽，不曾消醒我初起時睡態；但夢思卻半被曉風吹斷。我闔緊眼簾內視，只見一斑斑消殘的顏色，一似晚霞的餘赭，留戀地膠附在天邊。廊前的馬櫻、紫荊、藤蘿、青翠的葉與鮮紅的花，都將他們的妙影映印在水汀上，幻出幽媚的情態無數；我的臂上與胸前，亦滿綴了綠蔭的斜紋。從樹蔭的間隙平望，正見海灣：海波亦似被晨曦喚醒，黃藍相間的波光，在欣然的舞蹈。灘邊不時見白濤湧起，迸射著雪樣的水花。浴線內點點的小舟與浴客，水禽似的浮著；幼童的歡叫，與水波拍岸聲，與潛濤嗚咽聲，相間的起伏，競報一灘的生趣與樂意。但我獨坐的廊前，卻只是靜靜的，靜靜的無甚聲響。嫵媚的馬櫻，只是幽幽的微輾著，蜩蟲也斂翅不飛。只有遠近樹裡的秋蟬在紡紗似的垂引他們不盡的長吟。

在這不盡的長吟中，我獨坐在冥想。難得是寂寞的環境，難得是靜定的意境；寂寞中有不可言傳的和諧，靜默中有無限的創造。我的心靈，比如海濱，生平初度的怒潮，已經漸次的消翳，只剩有疏鬆的海砂中偶爾的回響，更有殘缺的貝殼，反映星月的輝芒。此時摸索潮餘的斑痕，追想當時洶湧的情景，是夢或是眞，再亦不須辨問，只此眉梢的輕皺，唇邊的微哂，已足解釋無窮奧緒，深深的蘊伏在靈魂的微纖之中。

青年永遠趨向反叛，愛好冒險；永遠如初度航海者，幻想黃金機緣於浩渺的煙波之外：想割斷繫岸的纜繩，扯起風帆，欣欣的投入無垠的懷抱。他厭惡的是平安，自喜的是放縱與豪邁。無顏色的生涯，是他目中的荊棘；絕海與凶巘，是他愛取自由的途徑。他愛折玫瑰：爲她的色香，亦爲她冷酷的刺毒。他愛搏狂瀾：爲他的莊嚴與偉大，亦爲他呑噬一切的天才，最是激發他探險與好奇的動機。他崇拜衝動：不可測，不可節，不可預逆，起，動，消歇皆在無形中，狂飆似的倏忽與猛烈與神祕。他崇拜鬥爭：從鬥爭中求劇烈的生命之意義，從鬥爭中求絕對的實在，在血染的戰陣中，呼叫勝利之狂歡或歌敗喪的哀曲。

幻象消滅是人生裡命定的悲劇；青年的幻滅，更是悲劇中的悲劇，夜一般的沉黑，死一般的凶惡。純粹的，猖狂的熱情之火，不同阿拉丁的神燈，只能放射一時的異彩，不能永久的朗照；轉瞬間，或許，便已斂熄了最後的焰舌，只留存有限的餘燼與殘灰，在未滅的餘溫裡自傷與自慰。

流水之光，星之光，露珠之光，電之光，在青年的妙目中閃耀，我們不能不驚訝造化者藝術之神奇；然可怖的黑影，倦與衰與飽饜的黑影，同時亦緊緊的跟著時日進行，彷彿是煩惱、痛苦、失敗，或庸俗的尾曳，亦在轉瞬間，彗星似的掃滅了我們最自傲的神輝——流水涸，明星沒，露珠散滅，電閃不再！

在這豔麗的日輝中，只見愉悅與歡舞與生趣，希望，閃爍的希望，在蕩漾，在無窮的碧空中，在綠葉的光澤裡，在蟲鳥的歌吟中，在青草的搖曳中——夏之榮華，春之成功。春光與希望，是長駐的；自然與人生，是調諧的。

在遠處有福的山谷內，蓮馨花在坡前微笑，稚羊在亂石間跳躍，牧童們，有的吹著蘆笛，有的平臥在草地上，仰看變幻的浮游的白雲，放射下的青影在初黃的稻田中縹緲地移過。在遠處安樂的村中，有妙齡的村姑，在流澗邊照映她自製的春裙；口銜煙斗的農夫三四，在預度秋收的豐盈，老婦人們坐在家門外陽光中取暖，她們的周圍有不少的兒童，手擎著黃白的錢花在環舞與歡呼。

在遠——遠處的人間，有無限的平安與快樂，無限的春光……

在此暫時可以忘卻無數的落蕊與殘紅；亦可以忘卻花蔭中掉下的枯葉，私語地預告三秋的情意；亦可以忘卻苦惱的僵癟的人間，陽光與雨露的殷勤，不能再恢復他們腮頰上生命的微笑，亦可以忘卻紛爭的互殺的人間，陽光與雨露的仁慈，不能感化他們兇惡的獸性；亦可以忘卻庸俗的卑瑣的人間，行雲與朝露的丰姿，不能引逗他們刹那間的凝視；亦可以忘卻自覺的失望的人間，絢爛的春時與媚草，只能反激他們悲傷的意緒。

我亦可以暫時忘卻我自身的種種；忘卻我童年期清風白水似的天眞；忘卻我少年期種種虛榮的希冀；忘卻我漸次的生命的覺悟；忘卻我熱烈的理想的尋求；忘卻我心靈中樂觀與悲觀的鬥爭；忘卻我攀登文藝高峰的艱辛；忘卻刹那的啓示與徹悟

之神奇；忘卻我生命潮流之驟轉；忘卻我陷落在危險的漩渦中之幸與不幸；忘卻我追憶不完全的夢境；忘卻我大海底裡埋首的祕密；忘卻曾經刳割我靈魂的利刃，炮烙我靈魂的烈焰，摧毀我靈魂的狂飆與暴雨；忘卻我的深刻的怨與艾；忘卻我的冀與願；忘卻我的恩澤與惠感；忘卻我的過去與現在……

過去的實在，漸漸的膨脹，漸漸的模糊，漸漸的不可辨認；現在的實在，漸漸的收縮，逼成了意識的一線，細極狹極的一線，又裂成了無數不相聯續的黑點……黑點亦漸次的隱翳？幻術似的滅了，滅了，一個可怕的黑暗的空虛……

（原刊一九二四年六月二十一日《晨報副刊．文學旬刊》，收入《落葉》）

醜西湖

「欲把西湖比西子，濃妝淡抹總相宜。」我們太把西湖看理想化了。夏天要算是西湖濃妝的時候，堤上的楊柳綠成一片濃青，裡湖一帶的荷葉荷花也正當滿艷，朝上的煙霧，向晚的晴霞，哪樣不是現成的詩料，但這西姑娘你愛不愛？我是不成，這回一見面我回頭就逃！什麼西湖這簡直是一鍋腥躁的熱湯！西湖的水本來就淺，又不流通，近來滿湖又全養了大魚，有四、五十斤的，把湖裡裊裊婷婷的水草全給咬爛了，水混不用說，還有那魚腥味兒頂叫人難受。說起西湖養魚，我聽得有種種的說法，也不知哪樣是內情：有說養魚乾脆是官家謀利，放著偌大一個魚沼，養肥了魚打了去賣不是頂現成的；有說養魚是為預防水草長得太放肆了怕塞滿了湖心，也有說這些大魚都是大慈善家們為要延壽或是求財源茂健特為從別地方買了來放生在湖裡的，而且現在打魚當官是不准。不論怎麼樣，西湖確是變了魚湖了。六月以來杭州據說一滴水都沒有過，西湖當然水淺得像個乾血癆的美女，再加那腥味兒！今年南方的熱，說來我們住慣北方的也不易信，白天熱不說，通宵到天亮也不見放鬆，天天大太陽，夜夜滿天星，節節高的一天暖似一天。杭州更比上海不堪，西湖那一窪淺水用不到幾個鐘頭的曬就離滾沸不遠什麼，四面又是山，這熱是來得去不得，一天不發大風打陣，這鍋熱湯，就永遠不會涼。我那天到了晚上才僱了條船遊湖，心想比岸上總可以涼快些。好，風不來還熬得，風一來可眞難受極了，又熱又帶腥味兒，眞叫人發眩作嘔，我同船一個朋友當時就病了，我記得紅海裡兩邊的沙漠風都似乎較爲可耐些！夜間十二點我們回家的時候都還是熱虎虎的。還有湖裡的蚊蟲！簡直是一群群的大水鴨子！我一生定就活該。

這西湖是太難了，氣味先就不堪。再說沿湖的去處，本來頂清淡宜人的一個地方是平湖秋月，那一方平台，幾棵楊柳，幾折回廊，在秋月清澈的涼夜去坐著看湖確是別有風味，更好在去的人絕少，你夜間去總可以獨占，喚起看守的人來泡一碗清茶，沖一杯藕粉，和幾個朋友閒談著消磨他半夜，眞是清福。我三年前一次去有琴友有笛師，躺平在楊樹底下看揉碎的月光，聽水面上翻響的幽樂，那逸趣眞不易。西湖的俗化眞是一日千里，我每回去總添一度傷心：雷峰（即西湖邊上的雷峰塔，建於宋開寶八年（975），1924年9月25日倒坍）也羞跑了，斷橋折成了汽車橋，哈得（通譯哈同（1847～1931），猶太人，後入英國籍。1974年上海，從事商業投機活動，後成爲有名的富翁。曾任上海法租界戈董局董事及公共租界工部局董事）在湖心裡造房子，某家大少爺的汽油船在三尺的柔波裡興風作浪，工廠的煙替代了出岫的霞，大世界以及什麼舞台的鑼鼓充當了湖上的啼鶯，西湖，西湖，還有什麼可留戀的！這回連平湖秋月也給糟蹋了，你信不信？

「船家，我們到平湖秋月去，那邊總還清靜。」

「平湖秋月？先生，清靜是不清靜的，格歇開了酒館，酒館著實鬧忙哩，你看，望得見的，穿白衣服的人多煞勒瞎，扇子□得活血血的，還有唱唱的，十七、八歲的姑娘，聽聽看——是無錫山歌哩，胡琴都蠻清爽的……」

那我們到樓外樓（杭州一家有名的飯館，在西湖孤山腳下）去吧。誰知樓外樓又是一個傷心！原來樓外樓那一樓一底的舊房子斜斜的對著湖心亭，幾張揩抹得發白光的舊桌子，一兩個上年紀的老堂倌，活絡絡的魚蝦，滑齊齊的蓴菜，一壺遠年，一碟鹽水花生，我每回到西湖往往偷閒獨自跑去領略這點子古色古香，靠在欄杆上從堤邊楊柳蔭裡望灩灩的湖光，晴有晴色，雨雪有雨雪的景致，要不然月上柳梢時意味更長，好在是不鬧，晚上去也是獨占的時候多，一邊喝著熱酒，一邊與老堂倌隨便講講湖上風光，魚蝦行市，也自有一種說不出的愉快。但這回連樓外樓都變了面目！地址不曾移動，但翻造了三層樓帶屋頂的洋式門面，新漆亮光光的刺眼，在湖中就望見樓上電扇的疾轉，客人鬧盈盈的擠著，堂倌也換了，穿上西崽的長袍，原來那老朋友也看不見了，什麼閒情逸趣都沒有了！我們沒辦法移一個桌子在樓下馬路邊吃了一點東西，果然連小菜都變了，真是可傷。

泰戈爾來看了中國，發了很大的感慨。他說，「世界上再沒有第二個民族像你們這樣蓄意的製造醜惡的精神。」怪不過老頭牢騷，他來時對中國是怎樣的期望（也許是詩人的期望），他看到的又是怎樣一個現實！狄更生（英國學者狄更斯，曾任劍橋大學王家學院教授。他到過中國，著有《來自中國的信》一書。徐志摩二十年代初在英國遊學期間與他相識，得到過他的幫助）先生有一篇絕妙的文章，是他遊泰山以後的感想，他對照西方人的俗與我們的雅，他們的唯利主義與我們的閒暇精神。他說只有中國人才眞懂得愛護自然，他們在山水間的點綴是沒有一點辜負自然的；實際上他們處處想法子增添自然的美，他們不容許煞風景的事業。他們在山上造路是依著山勢迴環曲折，鋪上本山的石子，就這山道就饒有趣味，他們寧可犧牲一點便利。不願喪自然的和諧。所以他們造的是嫵媚的石徑；歐美人來時不開馬路就來穿山的電梯。他們在原來的石塊上刻上美秀的詩文，漆成古色的青綠，在苔蘚間掩映生趣；反之在歐美的山石上只見雪茄煙與各種生意的廣告。他們在山林叢密處透出一角寺院的紅牆，西方人起的是幾層樓嘈雜的旅館。聽人說中國人得效法歐西，我不知道應得自覺虛心做學徒的究竟是誰？

這是十五年前狄更生先生來中國時感想的一節。我不知道他現在要是回來看看西湖的成績，他又有什麼妙文來頌揚我們的美德！

說來西湖眞是個愛倫內（英文Irony一詞的音譯，意即「反諷」）。論山水的秀麗，西湖在世界上眞有位置。那山光，那水色，別有一種醉人處，叫人不能不生愛。但不幸杭州的人種（我也算是杭州人），也不知怎的，特別的來得俗氣來得陋相。不讀書人無味，讀書人更可厭，單聽那一口杭白，甲隔甲隔的（杭州方言（諧音），「怎麼怎麼」的意思），就夠人心煩！看來杭州人話會說（杭州人眞會說話！），事也會做，近年來就「事業」方面看，杭州的建設的確不少，例如西湖堤上的六條橋就全給拉平了替汽車公司幫忙；但不幸經營山水的風景是另一種事業，絕不是開鋪子、做官一類的事業。平常布置一個小小的園林，我們尙且說總得主人胸中有些丘壑，如今整個的西湖放在一班大老的手裡，他們的腦子裡平常想些什麼我不敢猜度，但就成績看，他們的確是只圖每年「我們杭州」商界收入的總數增加多少的一種頭腦！開鋪子的老班們也許沾了光，但是可憐的西湖呢？分明天生俊俏的一個少女，生生的叫一群粗漢去替她塗脂抹粉，就說沒有別的難堪情形，也就夠煞風景又煞風景！天啊，這苦惱的西子！

但是回過來說，這年頭哪還顧得了美不美！江南總算是天堂，到今天爲止。別的地方人命只當得蟲子，有路不敢走，有話不敢說，還來搭什麼臭紳士的架子，挑什麼夠美不夠美的鳥眼？

（原刊一九二六年八月九日《晨報副刊》）

想飛

假如這時候窗子外有雪——街上，城牆上，屋脊上，都是雪，胡同口一家屋檐下偎著一個戴黑兜帽的巡警，半攏著睡眼，看棉團似的雪花在半空中跳著玩……假如這夜是一個深極了的啊，不是壁上掛鐘的時針指示給我們看的深夜，這深就比是一個山洞的深，一個往下鑽螺旋形的山洞的深……

假如我能有這樣一個深夜，它那無底的陰森撚起我遍體的毫管；再能有窗子外不住往下篩的雪，篩淡了遠近間颺動的市謠；篩泯了在泥道上掙扎的車輪；篩滅了腦殼中不妥協的潛流……

我要那深，我要那靜。那在樹蔭濃密處躲著的夜鷹，輕易不敢在天光還在照亮時出來睜眼。思想：它也得等。

青天裡有一點子黑的。正衝著太陽耀眼，望不眞，你把手遮著眼，對著那兩株樹縫裡瞧，黑的，有榧子來大，不，有桃子來大——嘿，又移著往西了！

我們吃了中飯出來到海邊去。（這是英國康槐爾極南的一角，三面是大西洋。）勵麗麗的叫響從我們的腳底下勻勻的往上顫，齊著腰，到了肩高，過了頭頂，高入了雲，高出了雲。啊！你能不能把一種急震的樂音想像成一陣光明的細雨，從藍天裡衝著這平鋪著青綠的地面不住的下？不，那雨點都是跳舞的小腳，安琪兒的。雲雀們也吃過了飯，離開了它們卑微的地巢飛往高處做工去。上帝給它們的工作，替上帝做的工作。瞧著，這兒一隻，那邊又起了兩！一起就衝著天頂飛，小翅膀活動的多快活，圓圓的，不躊躇的飛，——它們就認識青天。一起就開口唱，小嗓子活動的多快活，一顆顆小精圓珠子直往外唾，亮亮的唾，脆脆的唾，——它們讚美的是青天。瞧著，這飛得多高，有豆子大，有芝麻大，黑刺刺的一屑，直頂著無底的天頂細細的搖，——這全看不見了，影子都沒了！但這光明的細雨還是不住的下著……

飛。「其翼若垂天之雲……背負蒼天，而莫之夭閼者；」那不容易見著。我們鎮上東關廂外有一座黃泥山，山頂上有一座七層的塔，塔尖頂著天。塔院裡常常打鐘，鐘聲響動時，那在太陽西曬的時候多，一枝豔豔的大紅花貼在西山的鬢邊回照著塔山上的雲彩，——鐘聲響動時，繞著塔頂尖，摩著塔頂天，穿著塔頂雲，有一隻兩隻，有時三隻四隻有時五隻六隻蜷著爪往地面瞧的「餓老鷹」，撐開了它們灰蒼蒼的大翅膀沒掛戀似的在盤旋，在半空中浮著，在晚風中泅著，彷彿是按著塔院鐘的波盪來練習圓舞似的。那是我做孩子時的「大鵬」。有時好天抬頭不見一瓣雲的時候聽著猇憂憂的叫響，我們就知道那是寶塔上的餓老鷹尋食吃來了，這一想像半天裡禿頂圓睛的英雄，我們背上的小翅膀骨上就彷彿豁出了一鉎鉎鐵刷似的羽毛，搖起來呼呼響的，只一擺就衝出了書房門，鑽入了玳瑁鑲邊的白雲裡玩兒去，誰耐煩站在先生書桌前晃著身子背早上上的多難背的書！啊飛！不是那在樹枝上矮矮的跳著的麻雀兒的飛；不是那湊天黑從堂匾後背衝出來趕蚊子吃的蝙蝠的飛；也不是那軟尾巴軟嗓子做窠在堂檐上的燕子的飛。要飛就得滿天飛，風攔不住雲擋不住的飛，一翅膀就跳過一座山頭，影子下來遮得陰二十畝稻田的飛，到天晚飛倦了

就來繞著那塔頂尖順著風向打圓圈做夢……聽說餓老鷹會抓小雞！

飛。人們原來都是會飛的。天使們有翅膀，會飛，我們初來時也有翅膀，會飛。我們最初來就是飛了來的，有的做完了事還是飛了去，他們是可羨慕的。但大多數人是忘了飛的，有的翅膀上掉了毛不長再也飛不起來，有的翅膀叫膠水給膠住了，再也拉不開，有的羽毛叫人給修短了像鴿似的只會在地上跳，有的拿背上一對翅膀上當鋪去典錢使過了期再也贖不回……真的，我們一過了做孩子的日子就掉了飛的本領。但沒了翅膀或是翅膀壞了不能用是一件可怕的事。因為你再也飛不回去，你蹲在地上呆望著飛不上去的天，看旁人有福氣的一程一程的在青雲裡逍遙，那多可憐。而且翅膀又不比是你腳上的鞋，穿爛了可以再問媽要一雙去，翅膀可不成，折了一根毛就是一根，沒法給補的。還有，單顧著你翅膀也還不定規到時候能飛，你這身子要是不謹慎養太肥了，翅膀力量小再也拖不起，也是一樣難不是？一對小翅膀馱不起一個胖肚子，那情形多可笑！到時候你聽人家高聲的招呼說，朋友，回去吧，趁這天還有紫色的光，你聽他們的翅膀在半空中沙沙的搖響，朵朵的春雲跳過來擁著他們的肩背，望著最光明的來處翩翩的，冉冉的，輕煙似的化出了你的視域，像雲雀似的只留下一瀉光明的驟雨——「Thou art unseen but yet I hear thy shrill delight（你無影無蹤，但我仍聽見你的尖聲歡叫）」——那你，獨自在泥塗裡淹著，夠多難受，夠多懊惱，夠多寒傖！趁早留神你的翅膀，朋友。

是人沒有不想飛的，老是在這地面上爬著夠多厭煩，不說別的。飛出這圈子，飛出這圈子！到雲端裡去，到雲端裡去！哪個心裡不成天千百遍的這麼想？飛上天空去浮著，看地球這彈丸在大空裡滾著，從陸地看到海，從海再看回陸地。凌空去看一個明白——這才是做人的趣味，做人的權威，做人的交代。這皮囊要是太重挪不動，就擲了它，可能的話，飛出這圈子，飛出這圈子！

人類初發明用石器的時候，已經想長翅膀。想飛。原人洞壁上畫的四不像，它的背上掮著翅膀；拿著弓箭趕野獸的，他那肩背上也給安了翅膀。小愛神是有一對粉嫩的肉翅的。挨開拉斯（Icarus）（即伊卡羅斯，古希臘傳說中能工巧匠代達洛斯（Daedalus）的兒子。他們父子用蜂蠟黏貼羽毛做成雙翼，騰空飛行。由於伊卡羅斯飛得太高，太陽把蜂蠟曬化，使他墜海而死）是人類飛行史裡第一個英雄，第一次犧牲。安琪兒（那是理想化的人）第一個標記是幫助他們飛行的翅膀。那也有沿革——你看西洋畫上的表現。最初像是一對小精緻的令旗，蝴蝶似的黏在安琪兒們的背上，像眞的，不靈動的。漸漸的翅膀長大了，地位安準了，毛羽豐滿了。畫圖上的天使們長上了眞的可能的翅膀。人類初次實現了翅膀的觀念，徹悟了飛行的意義。挨開拉斯閃不死的靈魂，回來投生又投生。人類最大的使命，是製造翅膀；最大的成功是飛！理想的極度，想像的止境，從人到神！詩是翅膀上出世的；哲理是在空中盤旋的。飛：超脫一切，籠蓋一切，掃盪一切，吞吐一切。

你上那邊山峰頂上試去，要是度不到這邊山峰上，你就得到這萬丈的深淵裡去找你的葬身地！「這人形的鳥會有一天試他第一次的飛行，給這世界驚駭，使所有的著作讚美，給他所從來的棲息處永久的光榮。」啊達文謇！

但是飛？自從挨開拉斯以來，人類的工作是製造翅膀，還是束縛翅膀？這翅膀，承上了文明的重量，還能飛嗎？都是飛了來的，還都能飛了回去嗎？鉗住了，烙住了，壓住了，——這人形的鳥會有試他第一次飛行的一天嗎？……

同時天上那一點子黑的已經迫近在我的頭頂，形成了一架鳥形的機器，忽的機沿一側，一球光直往下注，硼的一聲炸響，——炸碎了我在飛行中的幻想，青天裡平添了幾堆破碎的浮雲。

（原刊一九二六年四月十九日《晨報副刊》，收入《自剖文集》）

「迎上前去」

這回我不撒謊，不打隱謎，不唱反調，不來烘托；我要說幾句至少我自己信得過的話，我要痛快的招認我自己的虛實，我願意把我的花押畫在這張供狀的末尾。

我要求你們大量的容許，准我在我第一天接手《晨報副刊》的時候，介紹我自己，解釋我自己，鼓勵我自己。

我相信眞的理想主義者是受得住眼看他往常保持著的理想煨成灰，碎成斷片，爛成泥，在這灰、這斷片、這泥的底裡，他再來發現他更偉大、更光明的理想。我就是這樣的一個。

只有信生病是榮耀的人們才來不知恥的高聲嚷痛；這時候他聽著有腳步聲，他以爲有幫助他的人向著他來，誰知是他自己的靈性離了他去！眞有志氣的病人，在不能自己豁脫苦痛的時候，寧可死休，不來忍受醫藥與慈善的侮辱。我又是這樣的一個。

我們在這生命裡到處碰頭失望，連續遭逢「幻滅」，頭頂只見烏雲，地下滿是黑影；同時我們的年歲、病痛、工作、習慣，惡狠狠的壓上我們的肩背，一天重似一天，在無形中嘲諷的呼喝著，「倒，倒，你這不量力的蠢才！」因此你看這滿路的倒屍，有全死的，有半死的，有爬著掙扎的，有默無聲息的……嘿！生命這十字架，有幾個人抗得起來？

但生命還不是頂重的擔負，比生命更重實更壓得死人的是思想那十字架。人類心靈的歷史裡能有幾個天成的孟賁烏育（即墨爾波墨涅，希臘神話中專司悲劇的文藝女神。在近代西方作品中，墨爾波墨涅有時用作「戲劇」的代名詞）？在思想可怕的戰場上我們就只有數得清有限的幾具光榮的屍體。

我不敢非分的自誇；我不夠狂，不夠妄。我認識我自己力量的止境，但我卻不能制止我看了這時候國內思想界萎癟現象的憤懣與羞惡。我要一把抓住這時代的腦袋，問它要一點真思想的精神給我看看——不是借來的稅來的冒來的描來的東西，不是紙糊的老虎，搖頭的傀儡，蜘蛛網幕面的偶像；我要的是筋骨裡迸出來，血液裡激出來，性靈裡跳出來，生命裡震盪出來的眞純的思想。我不來問他要，是我的懦怯；他拿不出來給我看，是他的恥辱。朋友，我要你選定一邊，假如你不能站在我的對面，拿出我要的東西來給我看，你就得站在我這一邊幫我對這時代挑戰。

我預料有人笑罵我的大話。是的，大話。我正嫌這年頭的話太小了，我們得造一個比小更小的字來形容這年頭聽著的說話，寫下印成的文字；我們得請一個想像力細緻如史魏夫脫（Dean Swift）（即斯威夫斯（1667～1745），英國作家，傑出的諷刺大師，代表作爲寓言小說《格列佛遊記》）的來描寫那些說小話的小口，說尖話的尖嘴。一大群的食蟻獸！他們最大的快樂是忙著他們的尖喙在泥土裡墾尋細微的螞蟻。螞蟻是吃不完的，同時這可笑的尖嘴卻益發不住的向尖的方向進化，小心再隔幾代連螞蟻這食料都顯太大了！

我不來談學問，我不配，我書本的知識是眞的十二分的有限。年輕的時候我念過幾本極普通的中國書，這幾年不但沒有知新，溫故都說不上，我實在是孤陋，但我卻抱定孔子的一句話「知之爲知之，不知爲不知，是知也」，絕不來強不知爲知；我並不看不起國學與研究國學的學者，我十二分的尊敬他們，只是這部分的工作我只能豔羨的看他們去做，我自己恐怕不但今天，竟許這輩子都沒希望參加的了。外國書呢？看過的書雖則有幾本，但是眞說得上「我看過的」能有多少，說多一點，三兩篇戲，十來首詩，五六篇文章，不過這樣罷了。

科學我是不懂的，我不曾受過正式的訓練，最簡單的物理化學，都說不明白，我要是不預備就去考中學校，十分裡有九分是落第，你信不信！天上我只認識幾顆大星，地上幾棵大樹！這也不是先生教我的；從先生那裡學來的，十幾年學校教育給我的，究竟有些什麼，我實在想不起，說不上，我記得的只是幾個教授可笑的嘴臉與課堂裡強烈的催眠的空氣。

我人事的經驗與知識也是同樣的有限，我不曾做過工；我不曾嘗味過生活的艱難，我不曾打過仗，不曾坐過監，不曾進過什麼祕密黨，不曾殺過人，不曾做過買賣，發過一個大的財。

所以你看，我只是個極平常的人，沒有出人頭地的學問，更沒有非常的經驗。但同時我自信我也有我與人不同的地方。我不曾投降這世界。我不受它的拘束。

我是一隻沒籠頭的野馬，我從來不曾站定過。我人是在這社會裡活著，我卻不是這社會裡的一個，像是有離魂病似的，我這軀殼的動靜是一件事，我那夢魂的去處又是一件事。我是一個傻子，我曾經妄想在這流動的生裡發現一些不變的價值，在這打謊的世上尋出一些不磨滅的真，在我這靈魂的冒險是生命核心裡的意義；我永遠在無形的經驗的巉岩上爬著。

冒險——痛苦——失敗——失望，是跟著來的，存心冒險的人就得打算他最後的失望；但失望卻不是絕望，這分別很大。我是曾經遭受失望的打擊，我的頭是流著血，但我的脖子還是硬的；我不能讓絕望的重量壓住我的呼吸，不能讓悲觀的慢性病侵蝕我的精神，更不能讓厭世的惡質染黑我的血液。厭世觀與生命是不可並存的；我是一個生命的信徒，起初是的，今天還是的，將來我敢說也是的。我絕不容忍性靈的頹唐，那是最不可救藥的墮落，同時卻繼續軀殼的存在；在我，單這開口說話，提筆寫字的事實，就表示後背有一個基本的信仰，完全的沒破綻的信仰；否則我何必再做什麼文章，辦什麼報刊？

但這並不是說我不感受人生遭遇的痛創；我絕不是那童呆性的樂觀主義者；我

絕不來指著黑影說這是陽光，指著雲霧說這是青天，指著分明的惡說這是善；我並不否認黑影、雲霧和惡，我只是不懷疑陽光與青天與善的實在；暫時的掩蔽與侵蝕，不能使我們絕望，這正應得加倍的激動我們尋求光明的決心。前幾天我覺著異常懊喪的時候無意中翻著尼采的一句話，極簡單的幾個字卻涵有無窮的意義與強悍的力量，正如天上星斗的縱橫與山川的經緯，在無聲中暗示你人生的奧義，祛除你的迷惘，照亮你的思路，他說「受苦的人沒有悲觀的權利」（**The sufferer has no right to pessimism**），我那時感受一種異樣的驚心，一種異樣的澈悟：——

我不辭痛苦，因為我要認識你，上帝；
我甘心，甘心在火焰裡存身，
到最後那時辰見我的真，
見我的真，我定了主意，上帝，再不遲疑！

所以我這次從南邊回來，決意改變我對人生的態度，我寫信給朋友說這來要來認眞做一點「人的事業」了。——

我再不想成仙，蓬萊不是我的分；
我只要這地面，情願安分的做人。

在我這「決心做人，決心做一點認眞的事業」，是一個思想的大轉變；因爲先前我對這人生只是不調和不承認的態度，因此我與這現世界並沒有什麼相互的關係，我是我，它是它，它不能責備我，我也不來批評它。但這來我決心做人的宣言卻就把我放進了一個有關係，負責任的地位，我再不能張著眼睛做夢，從今起得把現實當現實看：我要來察看，我要來檢查，我要來清除，我要來顚撲，我要來挑戰，我要來破壞。

人生到底是什麼？我得先對我自己給一個相當的答案。人生究竟是什麼？爲什麼這形形色色的，紛擾不清的現象——宗教、政治、社會、道德、藝術、男女、經濟？我來是來了，可還是一肚子的不明白，我得慢慢的看古玩似的，一件件拿在手裡看一個清切再來說話，我不敢保證我的話一定在行，我敢擔保的只是我自己思想的忠實；我前面說過我的學識是極淺陋的，但我卻並不因此自餒，有時學問是一種束縛，知識是一層障礙，我只要能信得過我能看的眼，能感受的心，我就有我的話說；至於我說的話有沒有人聽，有沒有人懂，那是另外一件事我管不著了——「有的人身死了才出世的」，誰知道一個人有沒有眞的出世那一天？

是的，我從今起要迎上前去！生命第一個消息是活動，第二個消息是搏鬥，第三個消息是決定；思想也是的，活動的下文就是搏鬥。搏鬥就包含一個搏鬥的對象，許是人，許是問題，許是現象，許是思想本體。一個武士最大的期望是尋著一個相當的敵手，思想家也是的，他也要一個可以較量他充分的力量的對象，「攻擊是我的本性，」一個哲學家說，「要與你的對手相當——這是一個正直的決鬥的第一個條件。你心存鄙夷的時候你不能搏鬥。你占上風，你認定對手無能的時候你不應當搏鬥。我的戰略可以約成四個原則：——第一，我專打正占勝利的對象——在必要時我暫緩我的攻擊，等他勝利了再開手；第二，我專打沒有人打的對象，我這邊不會有助手，我單獨的站定一邊——在這搏鬥中我難爲的只是我自己；第三，我永遠不來對人的攻擊——在必要時我只拿一個人格當顯微鏡用，借它來顯出某種普遍的，但卻隱遁不易蹤跡的惡性；第四，我攻擊某事物的動機，不包含私人嫌隙的關係，在我攻擊是一個善意的，而且在某種情況下，感恩的憑證。」

這位哲學家的戰略，我現在僭引作我自己的戰略，我盼望我將來不至於在搏鬥的沉酣中忽略了預定的規律，萬一疏忽時，我懇求你們隨時提醒。我現在戴我的手套去！

（原刊一九二五年十月五日《晨報副刊》，收入《自剖文集》）

一封信

——給抱怨生活乾燥的朋友

得到你的信，像是掘到了地下的珍藏，一樣的希罕，一樣的寶貴。

看你的信，像是看古代的殘碑，表面是模糊的，意致卻是深微的。

又像是在尼羅河旁邊幕夜，在月亮正照右金字塔的時候，夢見一個穿黃金袍服的帝王，對著我作謎語，我知道他的意思，他說：「我無非是一個體面的木乃伊。」

又像是我在這重山腳下半夜夢腥時，聽兄松林裏夜鷹的Soprano（女高音，或高音歌手），可憐的遭人厭毀的鳥，他雖則沒有子規那樣天賦的妙舌，但我卻懂得他的怨憤，他的理想，他的急調是他的嘲諷與咒詛；我知道他怎樣的鄙蔑一切，鄙蔑光明，鄙蔑煩囂的燕雀，也鄙棄自喜的畫眉；

又像是我在普陀山發現的一個奇景；外面看是一大塊岩石，但裏面卻早被海蝕空，只剩羅漢頭似的的一個腦殼，每次海濤向這島身摟抱時，發出極奧妙的音響，像是情話，像是咒詛，像是祈禱，在雕空的石筍、鐘乳間嗚咽，像大琴的諧音在臬雪格（英文Gothic的音譯，通譯哥特式。歐洲中世紀的一種建築風格）的古寺的花樣、石楹間迴盪——但除非你有耐心與勇氣，攀下幾重的石岩，俯身下去凝神的察看與傾聽，你也許永遠不會想像，不必說發現這樣的祕密；

又像是……但是我知道，朋友你已經聽夠了我的比喻，也許你願意聽我自然的嗓音與不做作的語調，不願意收受用幻想的亮箔包裹著的話，雖則，我不能不補一句，你自己就是最喜歡從一個彎曲的白銀喇叭裏，吹弄你的古怪的調子。

你說：「風大土大，生活乾燥。」這話彷彿是一陣奇怪的涼風，使我感覺一個恐怖的戰栗；像一團飄零的秋葉，使我的靈魂裏掉一滴悲憫的情淚。

我的記憶裏，我似乎自信，並不是沒有葡萄酒的顏色與香味，並不是沒有妖媚的微笑的痕跡，我想我總可以抵抗你那句灰色的語調的影響——

是的，昨天下午我在田裏散步的時候，我不是分明看見兩塊兇惡的黑雲消滅在太陽猛烈的光焰裏，五隻小山羊，兔子一樣的白淨，聽著她們媽的吩咐在路旁尋草吃，三個捉弄的小孩在一個稻屯前拋擲鎌刀；自然的活潑給我不少的鼓舞，我對著白雲裏矗著的寶塔喊說我知道生命是有意趣的。

今天太陽不曾出來，一捆捆的雲在空中緊緊的挨著，你的那句話碰巧又添上了幾重雲蒙，我又疑惑我昨天的宣言了。

我也覺得奇怪，朋友，何你那句話在我的心裏，竟像白堊塗在玻璃上，這半透明的沈悶是一種很巧妙的刑罰；我差不多要喊痛了。

我向我的窗外望，暗沈沈的一片，也沒有月亮，也沒有星光，日光更不必想，他早已離別了，那邊黑蔚蔚的是林子，樹上，我知道，是夜鴉的寓處，樹下纍纍的在初夜的微芒中排列著，我也知道，是墳墓，僵的白骨埋在硬的泥裏，磷火也不見一星，這樣的靜，這樣的慘，黑夜的勝利是完全的了。

我閉著眼向我的靈府裏問訊，呀，我竟尋不到一個與乾燥脫離的生活的意象，乾燥像一個影子，永遠跟著生活的腳後，又像是蔥頭的蔥管，永遠附著生活的頭頂，這是一件奇事。

朋友，我抱歉，我不能答覆你的話，雖則我很想，我不是爽愷的西風，吹不散天上的雲羅，我手裏只有一把粗拙的泥鍬，如果有美麗的理想或是希望要埋葬，我的工作倒是現成的——我也有過我的經過。

朋友，我並且恐怕，說到最後，我只得收受你的影響，因爲你那句話已經兇狠的咬入我的心裏，像一個有毒的蠍子，已經沈沈的壓在我的心上，像一塊盤陀石，我只能忍耐，我只能忍耐……

二月二十六日

（原刊一九二四年三月十日《小說月報》第15卷第3號）

守舊與「玩」舊

一

走路有兩個走法：一個是跟前面人走，信任他是認識路的；一個是走自己的路，相信你自己有能力認識路的。謹慎的人往往不太信任他自己；有膽量的人往往過分信任他自己。爲便利計，我們不妨把第一種辦法叫做古典派或舊派；第二辦法叫作浪漫派或新派。在文學上，在藝術，在一般思想上，在一般做人的態戒，我們都可以看出這樣一個分別，這兩種辦法的本身，在我看來，並沒有什麼好壞；這只是個先天性情上或後天嗜好上的一個區別；你也許誇他自己尋路的有勇氣，但同時就有人罵他狂妄；你也許罵跟在人家背後的人寒傖，但同時就有人誇他穩健。應得留神的就只有一點：就只那個「信」字是少不得的，古典派或舊派就得相信——完全相信——領他路的那個人是對的，浪漫派或新派就得相信——完全相信——他自己是對的，沒有這點子的原始的信心，不論你跟人走，或是你自己領自己，走出道理來的機會就不見得多，因爲你隨時有叫你心裏的懷疑打斷興會的可能；並且即使你走著了也不算奇，因爲那是碰巧，與打中白鴿票的差不多。

二

在思想上抱住古代直下來的幾根大柱子的，我們叫做舊派。這手勢本身並不怎樣的可笑，但我們卻盼望他自己確鑿的信得過那幾條柱子是不會倒的。並且我們不妨進一步假定上代傳下來的確有幾根靠得住的柱子，隨你叫它綱，叫它常，禮或是教，愛什麼就什麼，但同時因爲在事實上有了眞的便有假的，那幾根眞靠得住的柱子的中間就夾著了加倍加倍的幻柱子，不生根的，靠不住的，假的。你要是抱錯了柱子，把假的認作眞的，結果你就不免伊索寓言裏那條笨狗的命運；它把肉骨頭在水裏的影子認是眞的，差一點叫水淹了它的狗命。但就是那狗，雖則笨，雖則可笑，至少還有它誠實的德性：它的確相信那河裏的骨頭影子是一條眞骨頭：假如，譬方說，伊索那條狗曾經受過現代文明教育，那就是說學會了騙人上當，明知道水裏的不是眞骨頭，卻偏偏裝出正經而且大量的樣子，示意與它一同站在橋上的狗朋友們，它們碰巧是不受教育的，因此容易上人當，叫它們跳下水去吃肉骨頭影子，它自己倒反站在旁邊看趣劇作樂，那時我們對它的舉動能否拍掌，對它的態度與存心能否容許？

三

寓言是給有想像力並且有天生幽默的人們看的，它內中的比喻是「不傷道」的；在寓言與童話裏——我們竟不妨加一句在事實上——就有許多畜生比普通人們——如其我們沒有一個時候忘得了人是宇宙的中心與一切的標準——更有道德，更誠實，更有義氣，更有趣味，更像人！

四

上面說完了原則，使用了比方，現在要應用了。在應用之先，我得介紹我說這番話的緣由。孤桐（即章士釗（1882~1973），其時任段祺瑞執政府司法總長兼教育總長，鎮壓學生愛國運動。他主辦的《甲寅周刊》鼓吹復舊，反對新文運動）在他的《再疏解輯義》——甲寅周刊第十七期——裏有下面幾節文章——

……凡一社會能同維秩序，各長養子孫，利害不同，而遊刃有餘，賢不肖渾淆而無過不及之大差，雍容演化，即於繁祉，共遊一藩，不爲天下裂，必有共同信念以爲之基，基立而構興，則相與飲食焉，男女焉，教化焉，事爲焉，塗雖萬殊，要歸於一者也。茲信念者，亦期於有而已。固不必持絕對之念，本邏輯之律，以繩其爲善爲惡，或衷於理與否也。……

（圈是原有的也是我要特加的。摩。）

……此誠世道之大憂，而深識懷仁之士所難熟視無睹者也。篤而論之，如耶教者，其鎛陋焉得言無，然天下之大，大抵上智少而中才多，宇宙之謎，既未可以盡明，因葆其不可明者，養人敬畏之心，取使彝倫之敘，乃爲憂世者意念之所必至，故神道設教，聖人不得已而爲之，固不容於其義理詳加論議也。

……過此以往，稍稍還醇返樸，乃情勢之所必然；此爲群化消長之常，甲無所謂進化，乙亦無所謂退化，與愚曩與輭義，蓋有合焉。夫吾國亦苦社會公同信念之搖落也甚矣，舊者悉毀而新者未生，後生徒恃己意所能判斷者，自立准裁，大道之憂，孰甚於是，愚此爲懼。論人懷己，趣申本義，昧時之譏，所不敢辭。

五

孤桐這次論的是美國西芮西州（即田納西州）新近喧傳的那件大案；與他的「輭義有合」的是判決那案件的法官們所代表的態度，就是特舉的說，不承認我們人的祖宗與猴子的祖宗是同源的，因爲聖經上不是這麼說，並且這是最污辱人類尊嚴的一種邪說。關於孤桐先生論這件事的批評，我這裏暫且不管，雖則我盼望有人管，因爲他那文裏敘述兼論斷的一段話並不給我他對於任何一造有眞切了解的印象。我現在要管的是孤桐在這篇文章裏洩露給我們他自己思想的基本態度。

自分是「根器淺薄之流」，我向來不敢對現代「思想界的權威者」的思想存挑戰的妄念，甲寅記者先生的議論與主張，就我見得到看得懂的說，很多是我不敢苟同的，但我這一晌只是忍著不說話。

同時我對於現代言論界裏有孤桐這樣一位人物的事實，我到如今爲止，認爲不僅有趣味，而且値得歡迎的。因爲在事實上得著得力的朋友固然不是偶然；尋著相當的敵手也是極難得的機會。前幾年的所謂新思潮只是在無抵抗性的空間裏流著；這不是「新人們」的幸運，這應分是他們的悲哀，因爲打架大部分的樂趣，認眞的說，就在與你相當的對敵切實較量身手的事實裏；你揪他的頭髮，他回揪你的頭毛，你騰空再去扼他的咽喉，制他的死命，那才是引起你酣興的辦法；這暴烈的衝突是快樂，假如你的力量都化在無應性的空氣裏，那有什麼意思？早年國內舊派的思想太沒有它的保護人了，太沒有戰鬥的準備，退讓得太荒謬了；林琴南（即林紓（1852～1924），近代文學家、翻譯家，早年參加資產階級改良主義政治活動，晚年爲守舊派代表人物之一）只比了一個手勢就叫敵營的叫囂嚇了回去。新派的拳頭始終不曾打著重實的對象；我個人一時間還猜想舊派竟許永遠不會有對壘的能耐。但是不，甲寅周刊出世了，它那勢力，至少就銷數論，似乎超過了現行任何同性質的期刊物。我對於孤桐一向就存十二分敬意的。我敬仰他因爲他是個合格的敵人。在他身上，我常常想，我們至少認識了一個不苟且、負責任的作者，在他的文字裏，我們至少看著了舊派思想部分的表現。有組織的根據論辯的表現。有肉有筋有骨的拳頭，不再是林琴南一流棉花般的拳頭了；在他的思想裏，我們看了一個中國傳統精神的秉承者，牢牢的抱住幾條大綱，幾則經義，決心在「邪說橫行」的時代裏替往古爭回一個地盤；在他嚴刻的批評裏新派覺悟了許多一向不曾省察到的虛陷與弱點。不，我們沒有權利，沒有推托，來蔑視這樣一個認眞的敵人，我常常這麼想，即使我們有時在他賣弄他的整套家數時，看出不少可笑的台步與累贅的空架。每回我想著了安諾爾德（即阿諾德，英國十九世紀詩人、批評家）說牛津是「敗績的主義的老家」，我便想像到一輪同樣自傲的彩暈圍繞在甲寅周刊的頭頂；這一比量下來，我們這方倚仗人多的勢力倒反吃了一個幽默上的虧輸！不，假如我的祈禱有效力時，我第一就希冀甲寅周刊所代表的精神「億萬斯年」！

六

因爲兩極端往往有碰頭的可能。在哲學上，最新的唯實主義與最老的唯心主義發現了彼此是緊鄰的密切；在文學上，最極端的浪漫派作家往往暗合古典派的模型；在一般思想上，最激進的也往往與最保守的有聯合防禦的時候。這不是偶然；這裏面有深刻消息。「時代有不同，」詩人勃蘭克（英國詩人）說，「但天才永遠站在時代的上面。」「運動有不同，」英國一個藝術批評家（指英國詩人、批評家T.S.艾略特（1888～1965），這裏引述的觀點出自艾略特的著名論文《傳統與個人才能》）說，「但傳統精神是綿延的。」正因爲所有思想最後的目的就在發見根本的評價標源，最浪漫（那就是最向個性裏來）的心靈的冒險往往只是發見眞理的一個新式的方式，雖則它那本質與最舊的方式所包容的不能有稱量的分別。一個時代的特徵，雖則有，畢竟是暫時的，浮面的；這只是大海裏波浪的動盪，它那淵深的本體是不受影響的；只要你有膽量與力量沒透這時代的掀湧的上層你就淹入了靜定的傳統的底質，要能探險得到這變的底裏的不變，那才是攫著了驪龍的頷下珠，那才是勇敢的思想者最後的榮耀，舊派人不離口的那個「道」字，依我淺見，應從這樣的講法，才說得通，說得懂。

七

孤桐這回還是頂謹愼的捧出他的「大道」的字樣來作他文章的後鎭，「大道之憂，孰甚於是？」但是這回我自認我對於孤桐，不僅他的大道，並且他思想的基本態度，根本的失望了！而且這失望在我是一種深刻的幻滅的苦痛。美麗的安琪兒的腿，這樣看來，原來是泥做的！請看下文。

我舉發孤桐先生思想上沒有基本信念。我再重複我上面引語加圈的那幾句：「……茲信念者亦期於有而已，固不必持絕對之念，本邏輯之律，以繩其爲善爲惡，或衷於理與否也。」所有唯心主義或理想主義的力量與靈感就在肯定它那基本信念的絕對性；歷史上所有殉道、殉教、殉主義的往例，無非那幾個個人在確信他們那信仰的絕對性的眞切與熱奮中，他們的考量便完全超軼了小己的利益觀念，欣欣的為他們各人心目中特定的「戀愛」上十字架，進火焰，登斷頭台，服毒劑，嘗刀鋒，假如他們——不論是耶穌，是聖保羅，是貞德、勃羅諾（即布魯諾，義大利文藝復興時期哲學家，因懷疑宗教教義，宣傳哥白尼的日心說，被宗教裁判所處以死刑，燒死在羅馬）、羅蘭夫人，或是甚至蘇格臘底斯（即蘇格拉底，古希臘哲學家）——假如他們各個人當初曾經有剎那間會悟到孤桐的達觀：「固不必持絕對之念」：那在他們就等於徹底的懷疑，如何還能有勇氣來完成他們各人的使命？

但孤桐已經自認他只是一個「實際政家」，他的職司，用他自己的辭令，是在「操剢復之機，妙調和之用」，這來我們其實「又何能深怪」？上當只是我自己。「我的腿是泥塑的」，安琪兒自己在那裏說，本來用不著我們去發見。一個「實際政家」往往就是一個「投機政家」，正他因所見的只是當時與暫時的利害，在他的口裏與筆下，一切主義與原則都失卻了根本的與絕的意義與價值，卻只是為某種特定作用而姑妄言之的一套，背後本來沒有什麼思想的誠實，面前也沒什麼理想的光彩。「作者手裏的題目」阿諾爾德說，「如其沒有貫徹他的，他一定做不好：誰要不能獨立的運思，他就不會被一個題目所貫徹。」（Matthew Arnold: Preface to

Merope）如今在孤桐的文章裏，我們憑良心說，能否尋出些微「貫徹」的痕跡，能否發見些微思想的獨立？

八

一個自己沒有基本信仰的人，不論他是新是舊，不但沒權利充任思想的領袖，並且不能在思想界裏佔任何的位置；正因爲思想本身是獨立的，純粹性的，不含任何作用的，他那動機，我前面說過，是在重新審定，劈去時代的浮動性，一切評價的標準，與孤桐所謂第二者（即實際政家）化用心：「操剝復之機，妙調和之用」，根本沒有關連。一個「實際政家」的言論只能當作一個「實際政家」的言論看；他所浮泅的地域，只在時代浮動性的上層！他的維新，如其他是維新，並不是根基於獨見的信念，爲的只是實際的便利；他的守舊，如其他是守舊，他也不是根基於傳統精神的貫徹，爲的也只是實際的便利。這樣一個人的態度實際上說不上「維」，也說不上「守」，他只是「玩」！一個人的弊病往往是在誇張過分；一個「實際政家」也自有他的地位，自有他言論的領域，他就不該侵入純粹思想的範圍，他尤其不該指著他自己明知是不定靠得住的柱子說「這是靠得住的，你們儘管抱去」，或是——再引喻伊索的狗——明知水裏的肉骨頭是虛影——因爲它自己沒有信念——卻還慫恿橋上的狗友去跳水，那時它的態度與存心，我想，我們絕不能輕易容許了吧！

（原刊一九二五年十一月十一日《晨報副刊》，收入《落葉》）

關於女子

蘇州！誰能想像第二個地名有同樣清脆的聲音，能喚起同樣美麗的聯想，除是南歐的威尼市（即威尼斯）或翡冷翠，那是遠在異邦，要不然我們就得追想到六朝時代的金陵廣陵或許可以彷彿？當然不是杭州，雖則蘇杭是常常聯著說到的；杭州即使有幾分美秀，不幸都教山水給佔了去，更不幸就那一點兒也成了問題：你們不聽說雷峰塔已經教什麼國術大力士給打個粉碎，西湖的一汪水也教大什麼會的電燈給照乾了嗎？不，不是杭州；說到杭州我們不由的覺得舌尖上有些兒發鏽。所以只剩了一個蘇州准許我們放膽的說出口，放心的拿上手。比是樂器中的笙簫，有的是裊裊的餘韻。比是青青的柏子，有的是沁人心脾的留香。在這裏，不比別的地處，人與地是相對無愧的；是交相輝映的；寒山寺的鐘聲與吳儂的軟語一般的令人神往；虎丘的衰草與玄妙觀的香煙同樣的勾人留戀。

但是蘇州——說也慚愧，我這還是第二次到，初次來時只匆匆的過了一宵，帶走的只有采芝齋的幾罐糖果和一些模糊的印象。就這次來也不得容易。要不是陳淑先生相請的殷勤——聰明的陳淑先生，她知道一個詩人的軟弱，她來信只淡淡的說你再不來時天平山經霜的楓葉都要凋謝了——要不是她的相請的殷勤，我說，我眞不知道幾時才得偷閒到此地來，雖則我這半年因爲往返滬寧間每星期得經過兩次，每星期都得感到可望而不可即的惆悵。爲再到蘇州來我得感謝她。但陳先生的來信不單單提到天平山的霜楓，她的下文是我這半月來的憂愁：她要我來說話——到蘇州來向女同學們說話！我如何能不憂愁？當然不是愁見諸位同學，我愁的是我現在這相兒，一個人孤伶伶的站在台上說話！我們這坐慣冷板凳日常說廢話的所謂教授們最厭煩的，不瞞諸位說，這是我們自己這無可奈何的職務——說話（我再不敢說講演，那樣粗蠢的字樣在蘇州地方是說不出口的）。

就說談話吧，再讓一步，說隨便談話吧，我不能想像更使人窘的事情！要你說話，可不指定要你說什麼，「隨便說些什麼都行」，那天陳先生在電話裏說。你拿艷麗的朝陽給一只芙蓉或是一支百靈，它就對你說一番極美麗動聽的話，即使它說過了你冒失的恭維它說你這「講演」真不錯，它也不會生氣，也不會慚愧，但不幸我不是芙蓉更不是百靈。我們鄉裏有一句俗話說寧願聽蘇州人吵架，不願聽杭人談話。我的家鄉又不幸是在浙江，距著杭州近，離著蘇州遠的地處。隨便說話，隨你說什麼，果然我依了陳先生扯上我的鄉談，恐怕要不到三分鐘你們都得想念你們房間裏備著的八卦丹或是別的止頭痛的藥片了！

但陳先生非得逼我到，逼我獻醜，寫了信不夠，還親自到上海來邀。我不能不答應來。「但是我去說些什麼呢，蘇州，又是女同學們？」那天我放下陳先生的電話心頭就開始躊躇。不要忙，我自己安慰自己說，在上海不得空閒，到南京去有一個下午可以想一想。那天在車上倒是有福氣看到鎮江以西，尤其是栖霞山一帶的雪葉。雖則那早上是霧茫茫的，但雪總是好東西，它蓋住地面的不平和醜陋，它也拓開你心頭更清涼的境界，山變了銀山，樹成了玉樹，窗以外是徹骨涼，徹骨的靜，不見一個生物，鳥雀們不知藏躲在哪裏，雪花密團團的在半空裏轉。栖霞那一帶的大石獅子，雄踞在草畝裏張著大口向著天的怪東西，在雪地裏更顯得白，更顯得壯，更見得精神。在那邊相近還有一座塔，建築雕，都是第一流的美術，最使人想見六朝的風流，六朝的閒暇。在那時政治上沒有統一的野心家，江以南，江以北，各自成家，漢也有，胡也有，各造各的文化。且不說龍門，且不說雲岡，就這栖霞的一些遺跡，就這雄踞在草畝裏的大石獅，已夠使我們想見當時生活的從容，氣魄的偉大，情緒的俊秀。

我們在現代感到的只是局促與分忙。我們是忙，誰都是忙。忙到倦，忙到厭。但忙的是什麼？爲什麼忙？我們的子在一千年後，如其我們的民族再活得到一千年，回看我們的時代，他們能不能了解我們的匆忙？我們有什麼東西遺留給他們可以使他們驕傲，寶貴，值得他們保存，證見我們的存在，認識我們的價值，可以使他們永久停留他們愛慕的紀念——如同那一隻雄踞在草畝裏的大石獅？我們的詩人文人貢獻了什麼偉大的詩篇與文章？我們的建築與雕刻，且不說別的，有哪樣可以留存到一乃至十五年而還值得一看的？我們的畫家怎樣描寫宇宙的神奇？我們哪一個音樂家是在解釋我們民族的性靈的奧妙？但這時候我眼望著的江邊的雪地已經戲幕似的變形成爲北方赤地幾千里的災區，黃沙天與黃土地的中間只有慘淡的風雲，不見人煙的村莊以及這裏那裏枝條上不留一張枯葉的林木。我也望得見幾千萬已死的將死的未死的人民，在不可名狀的苦難中爲造物主的地面上留下永久的羞恥。在他們遲鈍的眼光中，他們分明說他們的心臟即使還在跳動他們已經失去感覺乃至知覺的能力，求生或將死的呼號早已逼死在他們枯竭的咽喉裏；他們分明生活、生命，乃至單純的生存已經到了絕對的絕境，前途只是沙漠似的浩瀚的虛無與寂滅，期待著他們，引誘著他們，如同春光，如同微笑，如同美。我也望見勾結在連環戰禍中的區域與民生；爲了誰都不明白的高深的主義或什麼的相互的屠殺，我也望見那少數的妖魔，踞坐在蹕衛森嚴的魔窟中計較下一幕的布景與情節，爲表現他們的貪，他們的毒，他們的野心，他們的威靈，他們手擎著全體民族的命運當作一擲的孤注。我也望見這時代的煩悶毒氣似的在半空裏沒遮攔的往下蓋，被犧牲的是無量數春花似的青年。這憧憬中的種種都指點著一個歸宿，一個結局——沙漠似的浩瀚的虛無與寂滅，不分疆界永不見光明的死。

我方才不還在眷戀著文化的消沈嗎？文化、文化，這呼聲在這可怖的憧憬前，正如災民苦痛的呼聲，早已逼死在枯竭的咽喉裏，再也透不出聲音。但就無聲的叫喊已經在我的周圍引起怪異的回響，像是哭，像是笑，像是鴟梟，像是鬼……

但這聲響來源是我坐位鄰近一位肥胖的旅伴的雄偉的呵欠。在這呵欠聲中消失了我重疊的幻夢似的憧憬，我又見到了窗外的雪，聽到車輪的響動。下關的車站已經到了。

我能把我這一路的感想拉雜來充當我去蘇州的談話資料嗎？我在從下關進城時心裏計較。秀麗的蘇州，天眞的女同學們，能容受這類荒倫，即使不至怪誕的思想嗎？她們許因爲我是教文學的想從我聽一些文學掌故或文學常識。但教書是無可奈何，我最厭煩的是說本行話。他們又許因爲我曾經寫過一些詩是在期望一個詩人的談話，那就得滿綴著明月和明星的光彩，透著鮮花與鮮草的馨香，要不然她們竟許期待著雪萊的雪雀或是濟慈的夜鶯。我的倒像是鴟梟的夜啼，不是太煞盡了風景？這我轉念，或許是我的過慮，他們等著我去談話正如他們每月或每星期等著別人去談話一樣，無非想聽幾句可樂的插科與詼諧（如其有的話，那算是好的），一篇，長或是短，勉勵或訓誨的陳腐（那是你們打呵欠乃至瞌睡的機會），或是關於某項專門知識的講解（那你們先生們示意你們應得掏出鉛筆在小本子上記下的），寫了幾句自己謙讓道歉不曾預備得好的話，在這末尾與他鞠躬下台時你們多少間酬報他一些鼓掌，就算完事一宗，但事實上他講的話，如講的人，不能希望（他自己也不希望）在你們的腦筋裏留有僅僅隔夜的印象，某人不是到你們這裏來講過的嗎，隔幾天許有人問。嘎，不錯是有的，他講些什麼了？誰知道他講什麼來了，我一句也沒有聽進去，不是你提起，我忘都忘了我聽過他講哪！

這是一班到處應酬講演人的下場頭。他們事實上也只配得這樣的下場頭。窮、窘、枯，同學們，是現代人們的生活。乾、枯、窘、窮，同學們，是現代人們的思想。不要把佔有名氣或地位的人們看太高了，他們的苦衷只有他們上年紀的人自家得知，這年的荒歉是一般的。

也不知怎的我想起來說些關於女子的雜話。不是女子問題。我不懂得科學，沒有方法來解剖「女子」這個不可思議的現象。我也不是一個社會學家，搬弄著一套現成的名詞來清理戀愛，改良婚姻或家庭。我也沒有一個道學家的權威，來督責女子們去做良妻賢母，或獎勵她們去做不良的妻不賢的母。我沒有任何解決或解答的能力。我自己所知道的只是我的意識的流動，就那個我也沒有支配的力量。就比是隔著雨霧望遠山的景物，你只能辨認一個大概。也不知是哪裏來的光照亮了我意識的一角，給我一個辨認的機會，我的困難是在想用粗笨的語言來傳達原來極微纖的印象，像是想用粗笨的鐵針來繡描細緻的圖案。我今天所要查考的，所以，不是女子，更不是什麼女子問題，而是我自己的意識的一個片段。

我說也不知怎的我的思想轉上了關於女子的一路。最顯淺的原由，我想，當然是為我到一個女子學校裏來說話。但此外也還有別的給我暗示的機會。有一天我在一家書店門首見著某某女士的一本新書的廣告，書名是「蠹魚生活」。這倒是新鮮，我想，這年頭有甘心做書蟲的女子。三百年來女子中多的是良妻賢母，多的是詩人詞人，但出名的書蟲不就是一位郝夫人王照圓（清代經學家郝懿行之妻，長於訓詁，亦擅文學，撰有《列女傳補注》、《詩經小記》）女士嗎？這是一件事，再有是我看到一篇文章，英國一位名小說家（指英國女作家弗吉尼亞・伍爾芙（1882～1941）的《一間自己的房子》）做的，她說婦女們想從事著述至少得有兩個條件：一是她有她自己的一間屋子，這是她隨時有關上或鎖上的自由；二是她得有五百一年（那合華銀有六千元）的進益。她說的是外國情形，當然和我們的相差得遠，但原則還不一樣是相通的？你們或許要說外國女人當然比我們強，我們怎好跟她們比；她們的環境要比我們的好多少，她們的自由要比我們的大多少；好，外國女人，先讓我們的男人比上了外國的男人再說女人吧！

可是你們先別氣餒，你們來聽聽外國女人的苦處。在Queen Anne（即英國的安女王，1702~1714年在位）的時候，不說更早，那就是我們清朝乾隆的時候，有天才的貴族女子們（平民更不必說了）實在忍不住寫下了些詩文就許往抽屜裏堆著給蛀蟲們享受，哪敢拿著作公開給莊嚴偉大的男子們看，那不讓他們笑掉了牙。男人是女人的「反對黨」（The oppose faction），Lady Winchilsea（即溫奇爾西夫人（1667~1720），原名安．芬奇，出身於英國頗有名望的芬奇（Finch）家族。她是那一時代少有的女詩人）說。趁早，女人，誰敢賣弄誰活該遭殃，才學哪是你們的分！一個女人拿起筆就像是在做賊，誰受得了男人們的譏笑。別看英國人開通，他們中間多的是寫《婦學篇》的章實齋（即章學誠（1738~1801），清代史學家，所著《文史通義》，爲學術界重視）。倒是章先生那板起道學面孔公然反對女人弄賣筆墨還好受些。他們的蒲伯（即蒲柏（1688~1744），英國啓蒙時期古典主義詩人），他們的John Gay（即蓋依（1685～1732），英國劇作家），他們管愛文學有才情的女人叫作「藍襪子」，說她們放著家務不管，「癢癢的就愛亂塗。」Margaret of Newcastle（即紐卡斯爾（英國一港口城市）的瑪格麗特，生平不詳）另一位才學的女子，也憤憤的說：「女人像蝙蝠或貓頭鷹似的活著，牲口似的工作，蟲子似的死……」且不說男人的態度，女性自己的謙卑也是可以的。Dorothy Osburne（即多蘿西．奧斯本（1672～1695），英國外交家坦普爾爵士的妻子，以婚前寫給坦普爾的書信聞名）那位清麗的書翰家一寫到那位有文才的爵夫人就生氣，她說，「那可憐的女人準是有點兒偏心的，她什麼傻事不做到來寫什麼書，又況是詩，那不太可笑了，要是我就算我半個月不睡覺我也到不了那個。」奧斯朋（即奧斯本）自己可沒有想到自己的書翰在千百年後還有人當作寶貴的文學作品念著，反比那「有點兒偏心膽敢寫書的女人」風頭出得更大，更久！

再說近一點，一百年前英國出一位女小說家，她的地位，有一個批評家說，是離著莎士比亞不遠的Jane Austen（即珍．奧斯汀（1775～1817），著有《傲慢與偏見》、《愛瑪》等）——她的環境也不見得比你們的強。實際上她更不如我們現代的女子。再說她也沒有一間她自己可以開關的屋子，也沒有每年多少固定的收入。她從不出門，也見不到什麼有學問的人；她是一位在家裏養老的姑娘，看到有限幾本書，每天就在一間永遠不得清靜的公共起坐間裏裝作寫信似的起草她的不朽的作品。「女人從沒有半個鐘頭，」Florence Nightingale（即「佛羅倫斯夜鶯」，似指彼德拉克（1304～1374），義大利詩人，文藝復興時期人文主義先驅者之一）說，「女人從沒有半個鐘頭可以說是她們自己的」。再說近一點，白龍德（Bronte）（即勃朗特，英國的三位姊妹作家，即夏洛蒂（1816～1855）、艾米麗（1818～1848）和安妮（1820～1849）姊妹們，也何嘗有什麼安逸的生活。在鄉間，在一個牧師家裏，她們生，她們長，她們死。她們至多站在露台上望望野景，在霧茫茫的天邊幻想大千世界的形形色色，幻想她們無顏色無波浪的生活中所不能的經驗。要不是她們卓絕的天才，蓬勃的熱情與超越的想像，逼著她們不得不寫，她們也無非是三個平常的鄉間女子，鬱死在無歡的家裏，有誰想得到她們——光明的十九世紀於她們有什麼相干，她得得到了些什麼好處？

說起來還是我們的情形比他們的見強哪。清朝的大文人王漁洋、袁子才、畢秋

帆、陳碧城都是提倡婦女文學最大的功臣。要不是他們幾位間接與直接的女弟子的貢獻，清朝一代的婦女文學還有什麼可述的？要不是他們那時對於女子做詩文做學問的鋪張揚厲，我們那位文史通義先生也不至於破口大罵失身分到這樣可笑的地步。他在《婦學》裏面說：

近有無恥文人，以風流自命，蠱惑士女，大率以優伶雜劇所演才子佳人惑人。長江以南名門大家閨閣，多爲所誘，徵詩刻稿，標榜聲名，無復男女之嫌，殆忘其身之雌矣。此等閨娃，婦學不修，豈有眞才可取，而爲邦人播弄，浸成風俗，人心世道，大可憂也。

章先生要是活到今天看見女子上學堂，甚至和男子同學，上衙門公司店鋪工作和男子同事，進這個那個的黨和男子同志，還不把他老人家活活的給氣瘋了！

所以你們得記得就在英國，女權最發達的一個民族，女子的解放，不論哪一方面，都還是近時的事情。女子教育算不上一百年的歷史。女子的財產權是五十年來才有法律保障的。女子的政治權還不到十年。但這百年來女性方面的努力與成績不能不說是驚人的。在百年以前的人類的文化可說完全是男性的成績，女性即使有貢獻是極有限的或至多是間接的，女子中當然也不少奇才異能，歷史上不少出名的女子，尤其是文藝方面。希臘的沙浮（即莎福，前7～前6世紀，古希臘女詩人）至今還是個奇蹟。中世紀的**Hypatia**（即哈哀貝希亞，中世紀女學者，被判異端處死），**Heloise**（即埃羅伊茲（1098～1164），法蘭克女隱修院院長。神學家和哲學家阿伯拉的妻子）是無可比的。英國的依利薩伯（即伊麗莎白一世，英國都鐸王朝女王，1558年至1603年在位），唐朝的武則天，她們的雄才大略，哪一個男子敢不低頭？十八世紀法國的沙龍夫人們是多少天才和名著的保姆。在中國，我們只要記起曹大家的漢書，蘇若蘭的回文，徐淑、蔡文姬、左九嬪的詞藻，武明塁的升仙太子碑，李若蘭、魚玄機的詩，李清照、朱淑眞的詞，明文氏的九騷——哪一個不是照耀百世奇才異稟。

這固然是，但就人類更寬更大的活動方面看，女性有什麼可以自傲的？莎士比亞女司馬遷嗎？有女牛頓女倍根（即培根（1561～1626），英國哲學家、政治家）

嗎？有女柏拉圖女但丁嗎？就說到狹義的文藝，女性的成績比到男性的還不是培塿比到泰山嗎？你怪得男性傲慢，女性氣餒嗎？

在英國乃至在全歐洲，奧斯汀以前可以說女性沒有一個成家的作者。從依利薩伯到法國革命查考得到的女子作品只是小詩與故事。就中國論，清朝一代相近三百年間的女作家，按新近錢單夫人的《清閨秀藝文略》看，可查考的有二千三百十二人之多，但這數目，按胡適之先生的統計，只有百分之一的作品是關於學問，例如考據歷史、算學、醫術，就那也說不上有什麼重要的貢獻，此外百分之九十九都是詩詞一類的文學，而且妙的地方是這些詩集詩卷的題名，除了風花雪月一類的風雅，都是帶著虛心道歉的意味，彷彿她們都不敢自信女子有公然著作成書的特權似的，都得聲明這是她們正業以外的閒情，本算不上什麼似的，因之不是繡餘，就是爨餘，不是紅餘，就是針餘，不是脂餘梭餘，就是織餘綺餘（陳圓圓的職業特別些，她的詞集叫《舞餘詞》），要不然就是焚餘燼餘未焚未燒未定一類的通套，再不然就是斷腸淚稿一流的悲苦字樣（除了秋瑾的口氣那是不同些）。情形是如此，你怪得男性的自美，女性的氣短嗎？

但這文化史上女性遠不如男性的情形自有種種的解釋，自然的趨勢，男性當然不借此來證明女子的能力根本不如男子，女性也不能完全推托到男性有意的壓迫。誰要奇怪女性的遲緩，要問何以女權論要等到瑪麗烏爾夫頓克辣夫德（即瑪麗・沃爾斯頓克拉夫待（1759～1797），以所著《女權論》聞名。她是英國政治家威廉・葛德文的妻子，在生育時因患血中毒症死亡）方有具體的陳詞，只須記得人權論本身也要到相差不遠的日子才出世。人的思想的能力是奇怪的，有時他連竄帶跳的在短時期內發見了很多，例如希臘黃金時代與近一百五十年來的歐洲，有時睡夢迷糊的在長時期一無新鮮，例如歐洲的中世紀或中國的明代。它不動的時候就像是冬天，一切都是靜定的無生氣的，就像是生命再不會回來，但它一動的時候那就比是春雷的一震，轉眼間就是蓬勃絢爛的春時。在歐洲從亞理斯多德（即亞里斯多德）直到盧梭乃至叔本華，沒有一個思想家不承認男女的不平等是當然的，絕對不值得並且也無從研究的；即使偶有幾個天才不容自掩的女子，在中國我們叫作才女，那還是客氣的，如同叫長花毛的鴨作錦雞，在歐洲百年前叫做藍襪子，那就不免有嘲笑的意思。但自從約翰彌勒（即約翰・穆勒（1806～1873），英國哲學家，曾提出

人權、女權等社會改良學說。其著作由嚴復譯入中國，影響很大。主要著作有，《邏輯體系》（嚴譯本名《穆勒名學》）、《自由論》（嚴譯本名《群己權界論》）、《功利主義》、《婦女論》等）純正通達論婦女論的大文出世以來，在理論上所有女性不如男性或是女性不能和男性享受平等機會以及共同負責文化社會的生存與進步的種種謬見、偏見與迷信都一齊從此失去了根據，在事實上在這百年來女性自強的努力也已經顯明的證明，女性只要有同等的機會不論在哪樣事情上都不能比男性不如；人類的前途展開了一個偉大的新的希望，就是此後文化的發展是兩性共同的企業，不再是以前似的單性的活動。在這百年來雖則在別的方面人類依然不免繼續他們謬誤、愚蠢、固執、迷信，但這百餘年是可紀念的因為這至少是一個女性開始光榮的世紀。在政治上，在社會上，在法律與道德上，在理論方面，至少女性已經爭得與男性完全平等的地位。在事實上，女子的職業一天增多一天，我們現在不易想像一種職業男性可以勝任而女性不能的——也許除了實際的上戰場去打仗，但這項職業我們都希望將來有完全淘汰的一天，我們絕不希望溫柔的女性在任何情形下轉變成善鬥殺的兇惡。文學與藝術不用說，女子是早就佔有地位的，但近百年來的擴大也是夠驚人的。詩人就說白郎寧夫人、羅剎蒂小姐（即克里斯蒂娜·羅賽蒂（1830～1894），英國女詩人。畫家、詩人羅賽蒂的妹妹）、梅耐兒夫人三個名字已經是夠輝煌的。小說更不用說，英美的出版界已有女作家超過男作家的趨勢，在品質方面一如數量。I.A. George Eliot（即喬治·愛略特（1819～1880），英國女作家），George Sand（即喬治·桑（1804～1876），法國女作家），Bronte Sisters（即勃朗特姊妹），近時如曼殊斐兒、薇金娜吳爾夫（即弗吉尼亞·伍爾夫（1882～1941），英國女作家）等等都是卓成家爲文學史上增加光彩的作者。演劇方面如沙拉貝娜（未詳），Duse（即杜絲（1859～1924），義大利女演員，擅演悲劇主人公），Ellen Terry（即愛倫·泰麗（1847～1928），英國女演員，以演莎劇人物著稱），都是人類永久不可磨滅的記憶。論跳舞，女子的貢獻更分明的超過男，我們不能想像一個男性的Isadora Duncan（即伊莎多拉·鄧肯（1878～1927），美國女舞蹈家，現代舞派創始人）。音樂、畫、雕刻，女子的出人頭地的也在天天的加多，科學與哲學，向來是男性的專業，但跟著教育的發展女子的貢獻也在日漸的繼長增高。你們只須記起Madame Curie（即居里夫人）就可以無愧。講到學問，現在有哪一門女子提不起來的。

但這情形，就按最先進幾國說，至多也不過一百年來的事，然而成績已有如此的可觀。再過了兩千年，我想，男子多半再不敢對女子表示性的傲慢。將來的女子自會有她們的莎士比亞、倍根、亞理斯多德、盧梭，正如她們在帝王中有過依利薩伯、武則天，在詩人中有過白郎寧、羅剎蒂，在小說家中有過奧斯丁與白龍德姊妹。我們雖則不敢預言女性竟可以有完全超越男性的一天，但我們很可以放心的相信此後女性對文化的貢獻比現在總可以超過無量倍數，倒男子要擔心到他的權威有搖動的危險的一天。

但這當然是說得很遠的話。按目前情形，尤其是中國的，我們一方面固然感到女子在學問事業日漸進步的興奮與快感，但同時我們也深刻的感覺到種種阻礙的勢力，還是很活動的在著。我們在東方幾乎事事是落後的，尤其是女子，因爲歷史長，所以習慣深，習慣深所以解放更覺費力。不說別的，中國女子先就忍了幾千年身體方面絕無理性可說的束縛，所以人家的解放是從思想作起點，我們先得從身體解放起。我們的腳還是昨天放開的，我們的胸還是正在開放中。事實上固然這一代的青年已經不至感受身體方面的束縛，但不幸長時期的壓迫或束縛是要影響血液與神經的組織的本體的。即如說腳，你們現有的固然是極秀美的天足，但你們的血液與組中，難免還留著幾十代纏足的鬼影。又如你們的胸部雖已在解放中，但我知道有的年輕姑娘們還不免感到這解放是一種可羞的不便。所以單說身體，恐怕也得至少到你們的再下去三四代才能完全實現解放，恢復自然發展的愉快與美。身體方面已然如此，別的更不用說了。再說一個女子當然還不免做妻做母，單就生產一件事說，男性就可以無忌憚的對女性說「這你總逃不了，總不能叫我來替代你吧！」事實上的確有無數本來在學問或事業上已經走上路的女子，爲了做妻做母的不可避免臨了只能自願或不自願的犧牲光榮的成就的希望。這層的阻礙說要能完全去除，當然是不可能，但按現今種種的發明與社會組織與制度逐漸趨向合理的情形看，我們很可以設想這天然阻礙的不方便性消解到最低限度的一天。有了節育的方法，比如說，你就不必有生育，除了你自願，如此一個女子很容易在她幾十年的生活中勻出幾個短期間來盡她對人類的責任。還有將來家庭的組織也一定與現在的不同，趨勢是在去除種種不必要精力的消耗（如同美國就有新法的合作家庭，女子管家的擔負不定男子的重，彼此一樣可以進行各人的事業）。所以問題倒不在這方面。成問題的是女子心理上母性的牢不可破，那與男子的父性是相差得太遠了。我來舉一個例。近代最有名的跳舞家Isadora Duncan（鄧肯）在她的自傳裏說她初次生產時的心理，我覺得她說得非常的眞。在初懷孕時她覺得處處的不方便，她本是把她的藝術——舞——看得比她的生命都更重要的，她覺得這生產的犧牲是太無謂了。尤其是在生產時感到極度的痛苦時（她的是難產）她是恨極了上帝叫女人擔負這慘毒的義務；她差一點死了。但等到她的孩子一下地，等到看護把一個稀小的噴香的小東西偎到她身旁去吃奶時，她的快樂，她的感激，她的興奮，她的母愛的激發，她說，簡直是不可名狀。在那時間她覺得生命的神奇與意義——這無上的創造——是絕對蓋倒一切的，這一相比她原來看作比生命更重要的藝術頓時顯得又小又淺，幾於是無所謂的了。在那時間把性的意識完全蓋沒了後天的藝術家的意識。上帝得了勝了！這，我說，才眞是成問題，倒不在事實上三兩個月的身體的不便。這根蒂深而力道強的母性當然是人生的神祕與美的一個重要成分，但它多少總不免阻礙女子個人事業的進展。

所以按理論說男女的機會是實在不易說完全平等的，天生不是一個樣子你有什麼辦法？但我們也只能說到此因爲在一個女子，母的人格，母性的實現，按理是不應得與她個人的人格、個性的實現相衝突的。除了在不合理的或迷信打底的社會組織裏，一個女子做了妻母再不能兼顧別的，她盡可以同時兼顧兩種以上的資格，正如一個男子的父性並不妨害他的個性。就說**Duncan**，她不能不說是一個母性特強（因爲情感富強）的一個女子，但她事實上並不曾爲戀愛與生育而至放棄她的藝術的追求。她一樣完成了她的藝術。此外做女子的不方便當然比男子的多，但那些都是比較不重要的。

我們國內的新女子是在一天天可辨認的成長，從數千年來有形與無形的束縛與壓迫中漸次透出性靈與身體的美與力，像一支在籜裏中透露著的新筍。有形的阻礙，雖則多，雖則強有力，還是比較容易克除的，無形的阻礙，心理上，意識與潛意識的阻礙，倒反需要更長時間與努力方有解脫的可能。分析的說，現社會的種種都還是不適合於我們新女子的長成的。我再說一個例，比如演戲，你認識戲的重要，知道它的力量。你也知道你有舞台表演的天賦。那爲你自己，爲社會，你就得上舞台演戲去不是？這時候你就逢到了阻力。積極的或許你家庭的守舊與固執。消極的或許你覓不到相當的同志與機會。這些就算都讓你過去，你現在到了另一個難關。有一個戲非你充不可，比如說，那碰巧是個壞人，那是說按人事上習慣的評判，在表現藝術上是沒有這種區分的，藝術需要你做，但你開始躊躇了。說一個實例，新近南國社（1927年冬在上海成立的文藝團體，以其戲劇活動最爲著稱，主要成員有田漢、唐槐秋、陳凝秋等）演的《沙樂美》（英國作家王爾德的劇作），那不是一個貞女，也不是一個節婦。有一位俞女士，她是名門世家的一位小姐，去擔任主角。她只知道她當前表現的責任。事實上她居排除了不少的阻難而登台演那戲了。有一晚她正演到要熱慕的叫著「約翰我要親你的嘴」，她瞥見她的母親坐在池子裏前排瞪著怒眼望著她，她頓時萎了，原來有熱有力的音聲與詩句幾於囁嚅的勉強說過了算完事。她覺得她再也鼓不住她爲藝術的一往的勇氣，在她母親怒目的一視中，藝術家的她又萎成了名門世家事事依傍著愛母的小姐——藝術失敗了！習慣勝利了！

所以找說這類無形的阻礙力量有時更比有形的大。方才說的無非是現成的一個例。在今日一個女子向前走一個步都得有極大的決心和用力，要不然你非但不止前，你難說還向後退——根性、習慣、環境的勢力，種種都牽掣著你，阻攔著你。但你們各個人的成就或敗於未來完全性的新女子的實現都有關係。你多用一分，多打破一個阻礙，你就多幫助一分，多便利一分新女子的產生。簡單說，新女子與舊女子的不同是一個程度，不定是種類的不同。要做一個新女子，做一個藝術家或事業家，要充分發展你的天賦，實現你的個性，你並沒有必要不做你父母的好女兒，你丈夫的好妻子，或是你兒女的好母親——這並不一定相衝突的（我說不一定因爲在這發軔時期難免有各種犧牲的必要，那全在你自己判清了利弊來下決斷）。分別是在舊觀念是要求你做一個扁人，紙剪似的沒有厚度沒有血脈流通的活性，新觀念是要你做一個眞的活人，有血有氣有肌肉有生命有完全性的！這有完全性要緊——的一個人，這分別是夠大的，雖則話聽來不出奇。舊觀念叫你準備做妻做母，新觀念並不不叫你準備做妻做母，但在此外先要你準備做人，做你自己。從這個觀點出發，別的事情當然都換了透視。我看古代留傳下來的女作家有一個有趣味的現象。她們多半會寫詩，就是說拿她們的心思寫成可誦的文句。按傳說說，至少一個女子

的文才多半是有一種防身作用，比如現在上海有錢人穿的鐵馬甲。從《周南》的蔡人妻作的「芣苢三章」，《召南》中人女「行露三章」《衛》共姜「柏舟詩」，《陳風》「墓門」，陶嬰「黃鵠歌」，宋韓憑妻「南山有烏」句乃至羅敷女「陌上桑」，都是全憑編了幾句詩歌，而得幸免男性的侵凌的。還有卓文君寫了「白頭吟」，司馬相如即不娶姨太太，蘇若蘭制了回文詩，扶風竇滔也就送掉他的寵妾。唐朝有幾個宮妃在紅葉上題了詩從御溝裏放流出外因而得到夫婦的。（「一入深宮裏，無由得見春。題詩花葉上，寄與接流入。」）此外更有多少女子作品不是慕就是怨。如是看來文學之於古代婦女多少都是於她們婚姻問題發生密切關係的。這本來是，有人或許說，就現在女子念書的還不是都爲寫情書的準備，許多人家把女孩送進學校的意思還不無非是爲了抬高她在婚姻市場上的賣價？這類情形當然應得書篇似的翻閱過去，如其我們盼望新女子及早可以出世。

這態度與目標的轉變是重要的。舊女子的弄文墨多少是一種不必要的裝飾；新女子的求學問應分是一種發見個性必要的過程。舊女子的寫詩詞多少是抒寫她們私人遭際與偶爾的情感；新女子的志向應分是與男子共同繼承並且繼續生產人類全部的文化產業。舊女子的字業是承認女子無才便是德的大條件而後紅著臉做的事情，因而繡餘炊餘一的道歉；新女子的志願是要爲報復那一句促狹的造孽格言而努力給男性一個不容否認的反證。舊女子有才學的理想是李易安的早年的生涯——當然不一定指她的「被翻紅浪，起來慵自梳頭」一類的豔思——嫁一個風流跌宕一如趙明誠公子的夫婿（「賴有房如學舍，一編橫放兩人看」）過一些風流而兼風雅的日子；新女子——我們當然不能不許她私下期望一個風流的有情郎（「易求無價寶，難得有情郎」），但我們卻同時期望她雖則身體與心腸的溫柔都給了她的郎，她的天才她的能力卻得貢獻給社會與人類。

十二月十五日

（原載一九二九年十月《新月》第2卷第8期）

再談管孩子

你做小孩時候快活不？我，不快活。至少我在回憶中想起來。你滿意你現在的情況不？你覺不覺得有地方習慣成了自然，明知是做自己習慣的奴隸卻又沒法擺脫這束縛，沒法回復原來的自由？不但是實際生活上，思想、意志、性情也一樣有受習慣拘執的可能。習慣都是養成的；我們很少想到我們這時候覺著的混身的鐐銬，大半是小時候就套上的——記著一歲到六歲是品格與習慣的養成的最重要時期。我小時候的受業師袁花查桐蓀先生，因爲他出世時父母怕孩子遭涼沒有給洗澡，他就帶了這不洗澡習慣到棺材裏去——從生到死五十幾年一次都沒有洗過身體！他也不刷牙，不洗頭，很少洗臉。髒得叫人聽了都膩心不是？我們很少想到我們品格上，性情上，乃至思想上的不潔多半是原因於小時候做父母的姑息與顢頇。中國人口頭上常講率眞，實際上我們是假到自己都不覺得。講信義，你一天在社會上不說一兩句謊話能過日子嗎？講廉講潔，有比我們更貪更齷齪的民族沒有？講氣節——這更不容說了！

這是實際情形，不容掩諱的。我們用不著歸咎這樣，歸咎那樣，說來很簡單，只是一個教育問題；可不是，上學以後，而是上學以前的教育問題。品格教育，不是知識教育。我們不敢說合理的養育就可以消滅所有的敗類；但我們確信（借近代科學研究的光）環境與有意識的訓練在十次裏至少有八九次可以變化風氣，養成品格。什麼事只要基礎打好就有辦法：屋漏了容易修，牆壞了可以補，基礎不堅實時可麻煩。管好你的孩子，幫他開好方向，以後他就會自己尋路走。

但是你說誰家父母不想管好他們的孩子？原是的。但我們要問問仔細，一般父母心目中的「好孩子」究竟是不是好孩子。究竟他們的管法是不是，我在上篇裏說過。（一）替孩子本身的利益；（二）替全社會著想。我的觀察是老派父母養育的觀念整個兒是不對的。他們的意思是愛，他們的實效是害。我敢斷定現代大多數的父母是對他們的子女負罪的。養花是多簡單的一件事，但有的花不能多曬，有的不能多澆水，還有土性的關係，一不小心，花就種死，或是開得寒傖，辜負了它的種性。管孩子至少比養花更難些。很多的孩子是曬太多澆太勤給鬧壞的。這幾乎完全是一個科學問題，感情的地位，如其有，很是有限，單靠愛是不夠的。單憑成法也是不夠的。養花得識花性，什麼花怎麼養法；管孩子得明白孩子性質，什麼孩子怎麼管法——每朝每晚都得用心看著，差不得一點。打起了底子，以後就好辦。

這話聽得太平常了，誰不知道不是？讓我們來看看實際情形。我們不講無知識階級的父母，實際鄉下人的管孩子倒是合理得多，他們比較的「接近自然」。最可痛的是所謂有知識階級乃至於「知識階級」的育兒情形。別笑話做母親的在人前拖出奶來餵孩子，這是應得獎勵的。有錢人家有了孩子就交給奶媽，誰耐煩抱孩子，高興的時候要過來逗逗親親叫幾聲乖，一下就喊奶媽抱了去，多心煩！結果我們中上等人家的孩子運定是老媽乃至丫頭們的玩物！有好多孩子身上聞著老媽的臭味，臉上看出老媽的傻相！

單看我們孩子的衣著先就可笑。渾身全給裹得緊緊，胳、脛、腿，也不叫露在外面，怕著涼。怕著涼，不錯；可是褲子是開襠的，孩子一往下蹲，屁股就往外露，肚子也就連帶通風——這倒不怕著涼了！孩子是不能常洗澡的，洗澡又容易著涼，我們家鄉地方終年不洗澡的孩子並不出奇，我不知道我自己小時候平均每年洗幾回澡，冬天不用說，因爲屋子不生火，當然不洗，夏天有時不得不洗，但只淺淺的一隻小腳桶，水又是滾燙，（不滾容易著涼！）結果孩子們也就不愛洗。我記得孩子時候頂怕兩件事：一件是剃頭；一件是洗澡。「今天我總得『捉牢』他來剃頭」，「今天我總得『捉牢』他來洗澡」，我媽總是這麼說：他們可不對我講一個人一定得洗澡的理由，他們也不想法把洗的方法給弄適意些。這影響深極了，我到老大年紀每回洗澡雖不至厭惡：總不見得熱心；看作一種必要的麻煩，不是愉快的練習。泅水也沒有學會，猜想也是從小對洗身沒有感情的緣故，我的孩子更可笑了。跟我一樣，他也不熱心洗澡。有一次我在家裏（他是祖母管大的），好容易拉了他一起洗，他倒也沒有什麼，明天再洗，成績很好，再來幾次就可以引起他的興趣的希望。可是他第二天碰巧有了發熱，家裏人對他說：你看，都是你爸爸不好，硬拖你洗，又著涼了，下回再不要聽他的！他們說這話也許一半是好玩，但孩子可是認了眞，下回他再也不跟爸爸洗澡了！

像這類的情形眞是舉不勝舉；但單純關係身體的習慣，比較還容易改。最壞是一般父母心目中的「好孩子」觀念。再沒有比父母更專制的；他們命令，他們強制，他們罵，他們打；他們卻從不對孩子講理——好像孩子比他們自己欠聰明懂不得理似的！他們用種種的方法教孩子學大人樣——簡單說，愈不像孩子的孩子在他們看是愈好的孩子。孩子得聽話，不許鬧——中國父母頂得意的是他們的孩子聽人家吩咐規規矩矩的叫人，絕對機械性的叫人——「伯伯」、「媽媽」。我有時看孩子們哭喪著臉聽話叫人的時候，眞覺得難受！所以叫人是孩子聰明乖的唯一標準。因爲要強制孩子聽大人話，（孩子最不願意聽大人話！）大人們有時就得用種種謊騙恫嚇的方法。多少在成人後作僞與懦怯的品性是「別哭，老虎來了」，「別嚷，老太太來了」，「不許吃，吃了要長瘡的」一類話給養成的，孩子一定得膽小怕事，這又是中國父母的得意文章。「我們的阿大眞不好，膽子大極了」，或是「你們的寶寶多好，他一個人走路都不敢的」。我記得我小的時候，家裏人常拿鬼來嚇我，結果我膽小極了，從來不敢一個人進屋子或是單身睡一個床——說來太可笑，你們不信，我到結婚以前還是常常同媽媽睡一床的！這怕黑暗怕鬼的影響到如今還有痕跡。我那時候實在膽子並不小，什麼事有機會都想試試，後來他們發明了一個特別的恐嚇，騙我是我不是我媽生的，是「網船」（即漁船）上抱來的，每天頭上包著藍布走進天井來問要蝦不要的那個漁婆就是我的親娘，每回我鬧兇了，膽子「太大了」，他們就說：「再鬧叫你網船上的娘來抱回去。」那靈極了，一說我就癟，再也不敢強了。這也是極壞的影響。我的孩子因為在老家裏生長，他們還是如法泡製，每回我一回家，就獎勵他走路上山，甚至爬石頭，他也是頂喜歡的，有一次我帶他在山上住，天天爬山，樂得很，隔一天他回家了，碰巧有點發熱，家裏人又有了機會來破壞爸爸的威信了；「你看都是你爸，領你到山上去亂跑，著了涼發熱，下回再不要聽他了！」當然他再也不聽信爸爸了！

但是孩子們的習慣，趕早想法轉移，也是很容易的事。就我的孩子說，因為生長在老式家庭裏的緣故，所有已經將次養成的習慣多半是我們認為不對的；我們認為應分訓練的習慣卻一點不顧著，這由於：（一）「好孩子」觀念的錯誤；（二）拘執成法，再沒有比我的父母再愛孫兒的，他病了我母親整天整晚的抱著，有幾次在夏天發熱簡直是一個火爐，晚上我母親同他睡，在冬天常常通宵握住他的冷腳給

窩暖；但愛是一件事，得法不得法又是一件事。這回好了，他自己的媽（張幼儀女士，不久來京，想專辦蒙養教育）（徐志摩的前妻。寫此文時，他們已離婚）從德國研究蒙養教育畢業回來了。孩子一歸她管，不到兩個月工夫，整個兒變化了，至少在看得見的習慣上。他本來晚上上床早上起身沒有定時的，現在十點鐘一定睡，早上也一定時候起，聽說每到了十點鐘他自己覺得大人不理他了，他就看一看鐘，站起來說，明天會，自己去睡了。本來他晚上睡不但不換睡衣，有時天涼連棉襖都穿了睡的，現在自己每晚穿衣換衣，早上穿衣起身再也不叫旁人幫忙。本來最不願意念書寫字，現在到了一定時候，就會自動寫字念書，本來走一點路就叫肚疼或腿痠的，現在長路散步成了習慣。洗澡什麼當然也看作當然了。最好是他現在也學會認眞刷牙（他在德國死的弟弟兩歲起就自己刷牙了），舀水滿臉洗，洗過用乾布擦，一點也不含糊了！在知識上也一樣的有進步，原先在他念書寫字因爲上面含有強迫性質看作一種苦惱，現在得了相當的引誘與指導，自動的興趣也慢慢的來了。這種地方雖則小，卻未始不是想認眞做父母的一個啓示。不要怪你們孩子性情強不好，或是愁他們身子不好，實際只要你們肯費一點心思，花一點工夫，認淸了孩子本能的傾向，治水似的耐心的去疏導它，原來不好的地方很容易變好，性情、身體，都可以立刻見效的。「性相近，習相遠」這話是眞理；我們或許有一天可以進一步相信「人之初，性本善」哪！沒有工作比創造的工作更愉快更偉大的；做父母都有一個創作的機會，把你們的孩子養成一個健康、活潑、靈敏、慈愛的成人，替社會造一個有用的人才，替自然完成一個有意識的工作，同時也增你們自己的光，添你們的歡喜——這機會還不夠大嗎？看看現代的成人，為什麼都是這懶，這髒（尤其在品格上與思想），這蠢，這醜，這破爛；看看現代的青年，為什麼這弱，這忌心重，這多愁多悲哀，這種種的不健康——多半是做爹娘的當初不曾盡他們應盡的責任，一半是愚暗，一半是懶怠，結果對不起社會，對不起孩子們自身，自己也沒有好處，這眞是何苦來！

（原刊一九二六年五月十五日《晨報副刊》）

我的祖母之死

一

一個單純的孩子，
過他快活的時光，
興匆匆的，活潑潑的，
何嘗識別生存與死亡？

這四行詩是英國詩人華茨華斯（William Wordsworth）一首有名的小詩叫做「我們是七人」（We are Seven）的開端，也就是他的全詩的主意。這位愛自然，愛兒童的詩人，有一次碰著一個八歲的小女孩，髮鬈蓬鬆的可愛，他問她兄弟姊妹共有幾人，她說我們是七個，兩個在城裏，兩個在外國，還有一個姊妹一個哥哥，在她家裏附近教堂的墓園裏埋著。但她小孩的心理，卻不分清生與死的界限，她每晚攜著她的乾點心與小盤皿，到那墓園的草地裏，獨自的吃，獨自的唱，唱給她的在土堆裏眠著的兄姊聽，雖則他們靜悄悄的莫有回響，她爛漫的童心卻不曾感到生死間有不可思議的阻隔；所以任憑華翁多方的譬解，她只是睜著一雙靈動的小眼，回答說：「可是，先生，我們還是七人。」

二

其實華翁自己的童眞。也不讓那小女孩的完全：他曾經說「在孩童時期，我不能相信我自己有一天也會得悄悄的躺在墳裏，我的骸骨會得變成塵土。」又一次他對人說「我做孩子時最想不通的，是死的這回事將來也會得輪到我自己身上。」

孩子們天是好奇的，他們要知道貓兒爲什麼要吃耗子，小弟弟從哪裏變出來的，或是究竟先有雞還是先有雞蛋；但人生最重大的變端——死的現象與實在，他們也只能含糊的看過，我們不能期望一個個小孩子們都是搔頭窮思的丹麥王子。他們臨到喪故，往往跟著大人啼哭；但他只要眼淚一乾，就會到院子裏踢毽子，趕蝴蝶，就使在屋子裏長眠不醒了的是他們的親爹或親娘，大哥或小妹，我們也不能盼望悼死的悲哀可以完全翳蝕了他們稚羊小狗似的歡欣。你如其對孩子說，你媽死了，你知道不知道——他十次裏次只是對著你發呆；但他等到要媽叫媽，媽偏不應的時候，他的嫩頰上就會有熱淚流下。但小孩天然的一種表情，往往可以給人們最深的感動。我生平最忘不了的一次電影，就是描寫一個小孩愛戀已死母親的種種天真的情景。她在園裏看種花，園丁告訴她這花在泥裏，澆下水去，就會長大起來。那天晚上天下大雨，她睡在床上，被雨聲驚醒了，忽然想起園丁的話，她的小腦筋裏就發生了絕妙的主意。她偷偷的爬出了床，走下樓梯，到書房裏去拿下桌上供著的她死母的照片，一把揣在懷裏，也不顧傾倒著的大雨，一直走到園裏，在地上用園丁的小鋤掘鬆了泥土，把她懷裏的親媽，謹慎的取了出來，栽在泥裏，把鬆泥掩護著；她做完了工就蹲在那裏守候——一個三、四歲的女孩，穿著白色的睡衣，在深夜的暴雨裏，蹲在露天的地上，專心篤意的盼望已經死去的親娘，像花草一般，從泥土裏發長出來！

三

我初次遭逢親屬的大故，是二十年前我祖父的死，那時我還不滿六歲。那是我生平第一次可怕的經驗，但我追想當時的心理，我對於死的見解也不見得比華翁的那位小姑娘高明。我記得那天夜裏，家裏人吩咐祖父病重，他們今夜不睡了，但叫我和我的姊妹先上樓睡去，回頭要我們時他們會來叫的。我們就上樓去睡了，底下就是祖父的臥房，我那時也不十分明白，只知道今夜一定有很怕的事，有火燒、強盜搶、做怕夢，一樣的可怕。我也不十分睡著，只聽得樓下的急步聲、碗碟聲、喚婢僕聲、隱隱的哭泣聲，不息的響著。過了半夜，他們上來把我從睡夢裏抱了下去，我醒過來只聽得一片的哭聲，他們已經把長條香點起來，一屋子的煙，一屋子的人，圍攏在床前，哭的哭，喊的喊，我也捱了過去，在人叢裏偷看大床裏的好祖父。忽然聽說醒了醒了，哭喊聲也歇了，我看見父親爬在床裏，把病父抱在懷裏，祖父倚在他的身上，雙眼緊閉著，口裏銜著一塊黑色的藥物他說話了，很清的聲音，雖則我不曾聽他說的什麼話，後來知道他經過一陣昏暈，他又醒了過來對家人說：「你們吃嚇了，這算是小死。」他接著又說了好幾句話，隨講音隨低，呼氣隨微，去了，再不醒了，但我卻不曾親見最後的彌留，也許是我記不起，總之我那時早已跪在地板上，手裏擎著香，跟著大衆高聲的哭喊了。

四

此後我在親戚家收殮雖則看得不少，但死的實在的狀況卻不曾見過。我們念書人的幻想力是比較豐富，但往往因爲有了幻想力，就不管生命現象的實在，結果是書呆子，陸放翁說的「百無一用是書生」。人生的範圍是無窮的：我們少年時精力充足什麼都不怕嘗試，只愁沒有出奇的事情做，往往抱怨這宇宙太窄，青天太低，大鵬似的翅膀飛不痛快，但是……但是平心的說，且不論奇的、怪的、特別的、離奇的，我們姑且試問人生裏最基本的事情，最單純的、最普通的、最平庸的、最近人情的經驗，我們究竟能有多少的把握，我們能有多少深徹的了解，我們是否都親身經歷過？譬如說：生產、戀愛、痛苦、悲、死、妒、恨、快樂、眞疲倦、眞饑餓、渴、毒焰似的渴、眞的幸福、凍的刑罰、懺悔，種種的情熱。我可以說，我們平常人生觀、人類、人道、人情、眞理、哲理、本能等等名詞不離口吻的念書人們，什麼文學家，什麼哲學家——關於眞正人生基本的事實的實在，知道的——恐怕是極微至鮮，即使不等於圓圈。我有一個朋友，他和他的夫人的感情極厚，一次他夫人臨到難產，因爲在外國，所以進醫院什麼都得他自己照料，最後醫生宣言只有用手術一法，但性命不能擔保，他沒有法子，只好和他半死的夫人訣別（解剖時親屬不准在旁的）。滿心毒魔似的難受，他出了醫院，走在道上，走上橋去，像得了離魂病似的，進了教堂，跟著在做禮拜的跪著、禱告、懺悔、祈求、唱詩、流淚（他並不是信教的人），他這樣的捱過時刻，後來回轉醫院時，一步步都是慘酷的磨難，比上刑場的犯人，加倍的難受，他怕見醫生與看護婦，彷彿他的命運是在他們的手掌裏握著。事後他對人說「我這才知道了人生一點子的意味！」

五

所以不管曾經歷過精神或心靈的大變的人們，只是在生命的戶外徘徊，也許偶爾猜想到牆內的動靜，但總是浮的淺的，不切實的，甚至完全是隔膜的。人生也許是個空虛的幻夢，但在這幻象中，生與死，戀愛與痛苦，畢竟是陡起的奇峰，應得激動我們徬徨者的注意，在此中也許有可以感悟到一些幻裏的眞，虛中的實，這浮動的水泡不曾破裂以前，也應得飽吸自由的日光，反射幾絲顏色！

我是一隻不羈的野駒，我往往縱容想像的猖狂，詭辯人生的現實；比如憑藉凹折的玻璃，覺察當前景色。但時而復再，我也能從煩囂的雜響中聽出清新的樂調，在眩耀的雜彩裏，看出有條理的意匠。這次祖母的大故，老家庭的生活，給我不少靜定的時刻，不少深刻的反省。我不敢說我因此感悟了部分的眞理，或是取得了干的智慧；我只能說我因此與實際生活更深了一層的接觸，益發激動我對於人生種種好奇的探討，益發使我驚訝這迷謎的玄妙，不但死是神奇的現象，不但生命與呼吸是神奇的現象，就連日常的生活與習慣與迷信，也好像放射著異樣的光閃，不容我們擅用一兩個形容詞來概狀，更不容我們昌言什麼主義來抹煞——一個革新者的熱心，碰著了實在的寒冰！

六

我在我的日記裏翻出一封不曾寫完不曾付寄的信，是我祖母死後第二天的早上寫的。我時在極強烈的極鮮明的時刻內，很想把那幾日經過感想與疑問，痛快的寫給一個同情的好友，使他在數千里外也能分嘗我強烈的鮮明的感情。那位同情的好友選中了通伯（即陳源（西瀅））。但那封信卻只起了一個呆重的頭，一爲喪中忙，二爲我那時眼熱不耐用心，始終不曾寫就，一直挨到現在再想補寫，恐怕強烈已經變弱，鮮明已經透暗，逃亡的囚逋，不易追獲的了。我現在把那封殘信錄在這裏，再來追摹當時的情景。

通伯：

我的祖母死了！從昨夜十時半起，直到現在，滿屋子只是號啕呼搶的悲音，與和尚、道士、女僧的禮懺鼓磬聲。二十年前祖父喪時的情景，如今又在眼前了。忘不了的情景！你願否聽我講些？

我一路回家，怕的是也許已經見不到老人，但老人卻在生死的交關彷彿存心的彌留著，等待她最鍾愛的孫兒——即不能與他開言訣別，也使他尚能把握她依然溫暖的手掌，撫摩她依然跳動著的胸懷，凝視她依然能自開自闔雖則不再能表情的目睛。她的病是腦充血的一種，中醫稱爲「卒中」（最難救的中風）。她十日前在房裏躓仆倒地，從此不再開口出言，登仙似的結束了她八十四歲的長壽，六十年良妻與賢母的辛勤，她現在已經永遠的脫辭了煩惱的人間，還歸她清淨自在的來處。我們承受她一生的厚愛與蔭澤的兒孫，此時親見，將來追念，她最後的神化，不能自禁中懷的摧痛，熱淚暴雨似的盆湧，然痛心中卻亦隱有無窮的讚美，熱淚中依稀想見她功成德備的微笑，無形中似有不朽的靈光，永遠的臨照她綿衍的後裔……

七

舊曆的乞巧那一天，我們一大群快活的遊蹤，驢子灰的黃的白的，轎子四個腳夫抬的，正在山海關外紆迴的、曲折的繞登角山的栖賢寺，面對著殘圮的長城，巨蟲似的爬山越嶺，隱入煙靄的迷茫。那晚回北戴河海濱住處，已經半夜，我們還打算天亮四點鐘上蓮峰山去看日出，我已經快上床，忽然想起了，出去問有信沒有，聽差遞給我一封電報，家裏來的四等電報。我就知道不妙，果然是「祖母病危速回」！我當晚就收拾行裝，趕早上六時車到天津，晚上才上津浦快車。正嫌路遠車慢，半路又為水發沖壞了軌道過不去，一停就停了十二點鐘有餘，在車裏多過了一夜，直到第三天的中午方才過江上滬寧車。這趟車如其準點到上海，剛好可以接上滬杭的夜車，誰知道又誤了點，誤了不多不少的一分鐘，一面我們的車進站，他們的車頭嗚的一聲叫，別斷別斷的去了！我若然是空身子，還可以冒險跳車，偏偏我的一雙手又被行李僱定了，所以只得定著眼睛送它走。

所以直到八月二十二日的中午我方才到家。我給通伯的信說「怕是已經見不著老人」，在路上那幾天眞是難受，縮不短的距離沒有法子，但是那急人的水發，急人的火車，幾面湊攏來，叫我整整的遲一晝夜到家！試想病危的八十四歲的老人，這二十四點鐘不是容易過的，說不定她剛巧在這個期間內有什麼動靜，那才叫人抱憾哩！但是結果還算沒有多大的差池——她老人家還在生死的交關等著！

八

奶奶——奶奶——奶奶！奶——奶！你的孫兒回來了，奶奶！沒有回音。老太太闔著眼，仰面躺在床裏，右手拿著一把半舊的雕翎扇很自在的扇動著。老太太原來就怕熱，每年暑天總是扇子不離手的，那幾天又是特別的熱。這還不是好好的老太太，呼吸頂勻淨的，定是睡著了，誰說危險！奶奶，奶奶！她把扇子放下了，伸手去摸著頭頂上掛著的冰袋，一把抓得緊緊的，呼了一口長氣，像是暑天趕道兒的喝了一碗涼湯似的，這不是她明明的有感覺不是？我把她的手拿在我的手裏，她似乎感覺我手心的熱，可是她也讓我握著，她開眼了！右眼張得比左眼開些，瞳子卻是發呆，我拿手指在她的眼前一挑，她也沒有瞬，那準是她瞧不見了——奶奶，奶奶，——她也眞沒有聽見，難道她眞是病了，眞是危險，這樣愛我疼我寵我的好祖母，難道眞會得……我心裏一陣的難受，鼻子裏一陣的酸，滾熱的眼淚就迸了出來。這時候床前已經擠滿了人，我的這位，我一眼看過去，只見一片慘白憂愁的面色，一雙雙裝滿了淚珠的眼眶。我的媽更看的憔悴。她們已經伺候了六天六夜，媽對我講祖母這回不幸的情形，怎樣的她夜飯前還在大廳上吩咐事情，怎樣的飯的後進房去自己擦臉，不知怎樣的閃了下去，外面人聽著響聲才進去，已經是不能開口了，怎樣的請醫生，一直到現在還沒有轉機……

一個人到了天倫骨肉的中間，整套的思想情緒，就變換了式樣與顏色。你的不自然的口音與語法沒有用了；你的耀眼的袍服可以不必穿了；你的潔白的天使的翅膀，預備飛翔出人間到天堂的，不便在你的慈母跟前自由的開豁；你的理想的樓台亭閣，也不輕易的放進這二百年的老屋；你的佩劍、要塞，以及種種的防禦，在爭競的外界即使是必要的，到此只是可笑的累贅。在這裏，不比在其餘的地方，他們所要求於你的，只是隨熟的聲音與笑貌，只是好的，純粹的本性，只是一個沒有斑點子的赤裸裸的好心。在這些純愛的骨肉的輕緯中心，不由得你不從你的天性裏抽出最柔糯亦最有力的幾縷絲線來加密或是縫補這幅天倫的結構。

所以我那時坐在祖母的床邊，含著兩朵熱淚，聽母親敘述她的病況，我腦中發生了異常的感想，我像是至少逃回了二十年的光陰，正如我膝前子姪輩一般的高矮，回復了一片純樸的童貞，早上走來祖母的床前，揭開帳子叫一聲軟和的奶奶，她也回叫了我一聲，伸手到裏床去摸給我一個蜜棗或是三片狀元糕，我又叫了一聲奶奶，出去玩了，那是如何可愛的辰光，如何可愛的天眞，但如今沒有了，再也不回來了。現在床裏躺著的，還不是我的親愛的祖母，十個月前我伴著到普陀登山拜清健的祖母，但現在何以不再答應我的呼喚，何以不再能表情，不再能說話，她的靈性哪裏去了，她的靈性哪裏去了？

九

一天，一天，又是一天——在垂危的病塌前過的時，不比平常飛馳無礙的光陰，時鐘上同樣的一聲的嗒，直接的打在你焦急的心裏，給你一種模糊的隱痛——祖母還是照樣的眠著，右手的脈自從起病以來已是極微僅有的，但不能動彈的卻反是有脈的左側，右手還是不時在揮扇，但她的呼吸還是一例的平勻，面容雖不免瘦削，光澤依然不減，並沒有顯著的衰象，所以我們在旁邊看她的，差不多每分鐘都盼望她從這長期的睡眠中醒來，打一個呵欠，就開眼見人，開口說話——果然她醒了過來，我們也不會覺得離奇，像是原來應當似的。但這究竟是我們親人絕望中的盼望，實際上所有的醫生，中醫、西醫、針醫，都已一致的回絕，說這是「不治之症」。中醫說這脈象是憑證，西醫說腦殼裏血管破裂，雖則植物性機能——呼吸、消化——不曾停止，但言語中樞已經斷絕——此外更專門更玄學更科學的理論我也記不得了。所以暫時不變的原因，就在老太太本來的體元太好了，拳術家說的「一時不能散工」，並不是病有轉機的兆頭。

我們自己人也何嘗不明白這是個絕症；但，我們卻總不忍自認是絕望：這「不忍」便是人情。我有時在病榻前，在淒悒的靜默中，發生了重大的疑問。科學家說人的意識與靈感，只是神經系最高的作用，這複雜，微妙的機械，只要部分有了損傷或是停頓，全體的動作便發生相當的影響；如其最重要的部分受了擾亂，他不是變成反常的瘋癲，便是完全的失去意識。照這一說，體即是用，離了體即沒用；靈魂是宗教家的大謊，人的身體一死什麼都完了。這是最乾脆不過的說法，我們活著時有這樣有那樣已經盡夠麻煩，盡夠受，誰還有興致，誰還願意到墳墓的那一邊再去發生關係，地獄也許是黑暗的，天堂是光明的，但光明與黑暗的區別無非是人類專擅的假定，我們只要擺脫這皮囊，還歸我清靜，我就不願意頭戴一個黃色的空圈子，合著手掌跪在雲端裏受罪！

再回到事實上來，我的祖母——一位神智最清明的老太太——究竟在哪裏？我既然不能斷定因爲神經部分的震裂她的靈感性便永遠的消滅，但同時她又分明的失卻了表情的能力，我只能設想她人格的自覺性，也許比平時消淡了不少，卻依舊是在著，像在夢魘將醒未醒似的，明知她的兒孫曾不住的叫喚她醒來，明知她即使要永別也總還有多少的囑咐，但是可憐她的眼球再不能反映外界的印象，她的聲帶與口舌再不能表達她內心的情意，隔著這脆弱的肉體的關係，她的性靈再不能與她最親的骨肉自由的交通——也許她也在整天整夜的伴著我們焦急，伴著我們傷心，伴著我們出淚，這才是可憐，這才眞叫人悲感哩！

十

到了八月二十七那天，離她起病的第十一天，醫生吩咐脈象大大的了，叫我們當心，這十一天內每天她只嚥入很困難的幾滴稀薄的米湯，現在她的面上的光澤也不如早幾天了，她的目眶更陷落了，她的口部的筋肉也更寬弛了，她右手的動作也減少了，即使拿起了扇子也不再能很自然的扇動了——她的大限的確已經到了。但是到晚飯後，反是沒有什麼顯象。同時一家人著了忙，準備壽衣的、準備冥鏹的、準備香燈等等的。我從裏走出外，又從外走進裏，只見匆忙的腳步與嚴肅的面容。這時病人的大動脈已經微細的不可辨，雖則呼吸還不至怎樣的急促。這時一門的肉骨已經齊集在病房裏，等候那不可避免的時刻。到了十時光景，我和我的父親正坐在房的那一頭一張床上，忽然聽得一個哭叫的聲音說——「大家快來看呀！老太太的眼睛張大了！」這尖銳的喊聲，彷彿是一大桶的冰水澆在我的身上，我所有的毛管一齊豎了起來，我們踉蹌的奔到了床前，擠進了人叢。果然，老太太的眼睛張大了，張得很大了！這是我一生從不曾見過，也是我一輩子忘不了的眼見的神奇（恕罪我的描寫！）不但是兩眼，面容也是絕對的神變了（transfigured），她原來皺縮的面上，發出一種鮮潤的彩澤，彷彿半淤的血脈，又一度充滿了生命的精液，她的口，她的兩頰，也都回復了異樣的豐潤；同時她的呼吸漸漸的上升，急進的短促，現在已經幾乎脫離了氣管，只在鼻孔裏脆響的呼出了。但是最神奇不過的是一雙眼睛！她的瞳孔早已失去了收斂性，呆頓的放大了。但是最後那幾秒鐘！不但眼眶是

充分的張開了，不但黑白分明，瞳孔銳利的緊斂了，並且放射著一種不可形容，不可信的輝光，我只能稱他爲「生命最集中的靈光」！這時候床前只是一片的哭聲，子媳喚著娘，孫子喚著祖母，婢僕爭喊著老太太，幾個稚齡的曾孫，也跟著狂叫太太……但老太太最後的開眼，彷彿是與她親愛的骨肉，作無言的訣別，我們都在號泣的送終，她也安慰了，她放心的去了。在幾秒時內，死的黑影已經移上了老人的面部，遏滅了生命的異彩，她最後的呼氣，正似水泡破裂，電光杳滅，菩提的一響，生命呼出了竅，什麼都止息了。

十一

我滿心充塞了死象的神奇，同時又須顧管我有病的母親，她那時出性的號啕，在地板上滾著，我自己反而哭不出來；我自己也覺得奇怪，眼看著一家長幼的涕淚滂沱，耳聽著狂沸似的呼搶號叫，我不但不發生同情的反應，卻反而達到了一個超感情的，靜定的，幽妙的意境，我想像的看見祖母脫離了軀殼與人間，穿著雪白的長袍，冉冉的上升天去，我只想默默的跪在塵埃，讚美她一生的功德，讚美她一生的圓寂。這是我的設想！我們內地人卻有這樣純粹的宗教思想；他們的假定是不論死的是高年厚德的老人或是無知無慾的幼孩，或是罪大惡極的兇人，臨到彌爾的時刻總是一例的有無常鬼、摸壁鬼、牛頭馬面、赤髮獠牙的陰差等等到門，拿著鐐鏈枷鎖，來捉拿陰魂到案。所以燒紙帛是平他們的暴戾，最後的呼搶是沒奈何的訣別。這也是大部分臨死時實在的情景，但我們卻不能概定所有的靈魂都不免遭受這樣的凌辱。譬如我們的祖老太太的死，我只能想像她是登天，只能想像她慈祥的神化——像那樣鼎沸的號啕，固然是至性不能自禁，但我總以為不如匐伏隱泣或默禱，較為近情，較為合理。

理智發達了，感情便失去了自然的濃摯；厭世主義的看來，眼淚與笑聲一樣是空虛的，無意義的。但厭世主義姑且不論，我卻不相信理智的發達，會得妨礙天然的情感；如其教育真有效力，我以為效力就在剝削了不合理性的「感情作用」，但絕不會有損真純的感情；他眼淚也許比一般人流得少些，但他等到流淚的時候，他的淚才是應流的淚。我也是智識愈開流淚愈少的一個，但這一次卻也真的哭了好幾次。一次是伴我的姑母哭的，她為產後不曾復元，所以祖母的病一直瞞著她，一直到了祖母故後的早上，方才通知她。她扶病來了，她還不曾下轎，我已經聽出她在啜泣，我一時感覺一陣的悲傷，等到她出轎放聲時，我也在房中欷歔不住。又一次是伴祖母當年的贈嫁婢哭的。她比祖母小十一歲，今年七十三歲，亦已是個白髮的婆子，她也來哭她的「小姐」，她是見著我祖母的花燭的唯一個人，她的一哭，我也哭了。

再有是伴我的父親哭的。我總是覺得一個身體偉大的人，他動情感的時候，動人的力量也比平常人偉大些。我見了我父親哭泣，我就忍不住要伴著淌淚。但是感動我最強烈的幾次，是他一人倒床裏，反覆的啜泣著，叫著媽，像一個孩子似的，我就感到最熱烈的傷感，在他偉大的心胸裏浪濤似的起伏，我就感到母子的感情的確是一切感情的起原與總結，等到一失慈愛的蔭庇，彷彿一生的事業頓時沒有了根柢，所有的快樂都不能填平這唯一的缺陷；所以他這一哭，我也真哭了。

但是我的祖母果真是死了嗎？她的軀體是的。但她是不死的。詩人勃蘭恩德（Bryant）（即布賴恩特（1794～1878），美國詩人）說：

So live, that when thy summons comes to join the innumerable caravan which moves

to that mysterious realm where each one takes his chamber in the silent halls of death, then go not, like tha quarry slave at night scourged to his dungeon, but sustained and soothed.

By an unfaltering truth, approach thy grave like one that wraps the drapery of his couch, about him, and lies down to pleasant dreams.

——這段英文大意是：「這樣的生命力，一旦得到召喚，便加入到綿延不斷的大篷車隊，駛向那神祕王國。在籠罩著死亡的寂靜的宅第裏，每個人羈守他自己的房間，再也無法脫身。如同採石礦的奴隸夜間在地牢人被無情地鞭笞，卻只有平靜和忍耐。

「一個永恒不變的眞理，走近墳墓就像一個人掩上他床邊的帷幕，然後躺下進入愉快的夢鄉。」

如果我們的生前是盡責任的，是無愧的，我們就會安坦的走近我們的墳墓，我們的靈魂裏不會有慚愧或侮恨的齧痕。人生自生至死，如勃蘭恩德的比喻，眞是大隊的旅客在不盡的沙漠中進行，只要良心有個安頓，到夜裏你臥倒在帳幕裏也就不怕噩夢來纏繞。

我的祖母，在那舊式的環境裏，到我們家來五十九年，眞像是做了長期的苦工，她何嘗有一日的安閒，不必說子女的嫁娶，就是一家的柴米油鹽，掃地抹桌，哪一件事不在八十歲老人早晚的心上！我的伯父快近六十歲了，但他的起居飲食；還差不多完全是祖母經管的，初出世的曾孫如其有些身熱咳嗽，老太太晚上就睡不安穩；她愛我寵我的深情，更不是所能描寫；她那深厚的慈蔭，眞是無所不包，無所不蔽。但她的身心即使勞碌了一生，她的報酬卻在靈魂無上的平安；她的安慰就在她的兒女孫曾，只要我們能夠步她的前例，各盡天定的責任，她在冥冥中也就永遠的微笑了。

十一月二十四日

（原刊《自剖文集》，新月書店一九二八年一月初版）

自剖

我是個好動的人；每回我身體行動的時候，我的思想也彷彿就跟著跳盪。我做的詩，不論它們是怎樣的「無聊」，有不少是在行旅期中想起的。我愛動，愛看動的事物，愛活潑的人，愛水，愛空中的飛鳥，愛車窗外掣過的田野山水。星光的閃動，草葉上露珠的顫動，花鬚在微風中的搖動，雷雨時雲空的變動，大海中波濤的洶湧，都是在在觸動我感興的情景。是動，不論是什麼性質，就是我的興趣，我的靈魂。是動就會催快我的呼吸，加添我的生命。

近來卻大大的變樣了。第一我自身的肢體，已不如原先靈活；我的心也同樣的感受不了不知是年歲還是什麼的拘縶。動的現象再不能給我歡喜，給我啟示。先前我看著在陽光中閃爍的金波，就彷彿看見了神仙宮闕——什麼荒誕美麗的幻覺，不在我的腦中一閃閃的掠過；現在不同了，陽光只是陽光，流波只是流波，任憑景色怎樣的燦爛，再也照不化我的呆木的心靈。我的思想，如其偶爾有，也只似岩石上的藤蘿，貼著枯乾的粗糙的石面，極困難的蜒著；顏色是蒼黑的，姿態是崛強的。

我自己也不懂得何以這變遷來得這樣的兀突，這樣的深徹。原先我在人前自覺竟是一注的流泉，在在有飛沫，在在有閃光；現在這泉眼，如其還在，彷彿是叫一塊石板不留餘隙的給鎮住了。我再沒有先前那樣蓬勃的情趣，每回我想說話的時候，就覺著那石塊的重壓，怎麼也掀不動，怎麼也推不開，結果只能自安沈默！「你再不用想什麼了，你再沒有什麼可想了」；「你再不用開口了，你再沒有什麼話可說的了」，我常覺得我沈悶的心府裏有這樣半嘲諷半弔唁的諄囑。

說來我思想上或經驗上也並不曾經受什麼過分劇烈的戟刺。我處境是向來順的，現在如其有不同，只是更順了的。那麼為什麼這變遷？遠的不說，就比如我年前到歐洲去時的心境：啊！我那時還不是一雙初長毛角的野鹿？什麼顏色不激動我的視覺，什麼香味不奮興我的嗅覺？我記得我在意大利寫遊記的時候，情緒是何等的活潑，興趣何等的醇厚，一路來眼見耳聽心感的種種，哪一樣不活栩栩的業集在我的筆端，爭求充分的表現！如今呢？我這次到南方去，來回也有一個多月的光景，這期內眼見耳聽心感的事物也該有不少。我未動身前，又何嘗不自喜此去又可以有機會飽餐西湖的風色，鄧尉的梅香——單提一兩件最合我脾胃的事。有好多朋友也曾期望我在這閒暇的假期中採集一點江南風趣，歸來時，至少也該帶回一兩篇爽口的詩文，給在北京泥土的空氣中活命的朋友們一些清醒的消遣。但在事實上不但在南中時我白瞪著大眼，看天亮換天昏，又閉上了眼，拼天昏換天亮，一枝禿筆跟著我涉海去，又跟著我涉海回來，正如岩洞裏的一根石筍，壓根兒就沒一點搖動的消息；就在我回京後這十來天，任憑朋友怎樣的催促，自己良心怎樣的責備，我的筆尖上還是滴不出一點墨沈來。我也曾勉強想想，勉強想寫，但到底還是白費！可怕是這心靈驟然的呆頓。完全死了不成？我自己在疑惑。

說來是時局也許有關係。我到京幾天就逢著空前的血案。五卅事件發生時我正在意大利山中，採茉莉花編花籃兒玩，翡冷翠山中只見明星與流螢的交喚，花香與山色的溫存，俗氣是吹不到的。直到七月間到了倫敦，我才理會國內風光的慘淡，等得我趕回來時，設想中的激昂，又早變成了明日黃花，看得見的痕跡只有滿城黃牆上墨彩斑斕的「泣告」！

這回卻不同。屠殺的事實不僅是在我住的城子裏發見，我有時竟覺得是自己的靈府裏的一個慘象。殺死的不僅是青年們的生命，我自己的思想也彷彿遭著了致命的打擊，比是國務院前的斷脰殘肢，再也不能回復生動與連貫。但這深刻的難受在我是無名的，是不能完全解釋的。這回事變的奇慘性引起憤慨與悲切是一件事，但同時我們也知道在這根本起變態作用的社會裏，什麼怪誕的情形都是可能的。屠殺無辜，還不是年來最平常的現象。自從內戰糾結以來，在受戰禍的區域內，哪一處村落不曾分到過遭姦污的女性，屠殺的骨肉，供犧牲的生命財產？這無非是給冤氛團結的地面上多添一團更集中更鮮艷的怨毒。再說哪一個民族解放史能不濃濃的染著Martyrs（Martyrs，英文「烈士」加s爲複數）的腔血？俄國革命的開幕就二十年前冬宮的血景。只要我們有識力認定，有膽量實行，我們理想中的革命，這回羔羊的血就不會是白塗的。所以我個人的沈悶絕不完全是這回慘案引起的感情作用。

愛和平是我的生性。在怨毒、猜忌、殘殺的空氣中，我的神經每每感受一種不可名狀的壓迫。記得前年奉直戰爭時我過的那日子簡直是一團黑漆，每晚更深時，獨自抱著腦殼伏在書桌上受罪，彷彿整個時代的沈悶蓋在我的頭頂——直到寫下了「毒藥」那幾首不成形的咒詛詩以後，我心頭的緊張才漸漸的緩和下來。這回又有同樣的情形；只覺著煩，只覺著悶，感想來時只是破碎，筆頭只是笨滯。結果身體也不舒暢，像是蠟油塗抹住了全身毛竅似的難過，一天過去了又一天，我這裏又在重演更深獨坐箍緊腦殼的姿勢，窗外皎潔的月光，分明是在嘲諷我內心的枯窘！

不，我還得往更深處挖，我不能叫這時局來替我思想驟然的呆頓負責，我得往自己生活的底裏找去。

平常有幾種原因可以影響我們的心靈活動。實際生活的牽掣可以劫去我們心靈所需要的閒暇，積成一種壓迫。在某種熱烈的想望不曾得滿足時，我們感覺精神上的煩悶與焦躁，失望更是顛覆內心平衡的一個大原因，較劇烈的種類可以麻痺我們的靈智，淹沒我們的理性。但這些都合不上我的病源；因為我在實際生活裏已經得到十分的幸運，我的潛在意識裏，我敢說不該有什麼壓著的慾望在作怪。

但是在實際上反過來看另有一種情形可以阻塞或是減少你心靈的活動。我們知道舒服、健康、幸福，是人生的目標，我們因此推想我們痛苦的起點是在望見那些目標而得不到的時候。我們常聽人說「假如我像某人那樣生活無憂我一定可以好好的做事，不比現在整天的精神全花瑣碎的煩惱上。」我們又聽說「我不能做事就爲身體太壞，若是精神來得，那就……」我們又常常設想幸福的境界，我們想：「只要有一個意中人在跟前那我一定奮發，什麼事做不到？」但是不，在事實上，舒服、健康、幸福，不但不一定是幫助或奬勵心靈生活的條件，它們有時正得相反的效果。我們看不起有錢人，在社會上得意人，肌肉過分發展的運動家。也正在此；至少年少人幻想中的美滿幸福，我敢說等得當眞有了紅袖添香，你的書也就讀不出所以然來，且不說什麼在學問上或藝術上更認眞的工作。

那末生活的滿足是我的病源嗎？「在先前的日子，」一個眞知我的朋友，就說：「正爲是你生活不得平衡，正爲你有慾望不得滿足，你的壓在內裏的Libido就形成一種昇華的現象，結果你就借文學來發洩你生理上的鬱結；（你不常說你從事文學是一種不預期的事嗎？）這情形又容易在你的意識裏形成一種虛幻的希望，因爲你的寫作得到一部分讚許，你就自以爲確有相當創作的天賦以及獨立思想的能力。但你只是自冤自，實在你並沒有什麼超人一等的天賦，你的設想多半是虛榮，你的以前的成績只是昇華的結果。所以現在等得你生活換了樣，感情上有了安頓，你就發見你向來寫作源頓呈萎縮甚至枯竭的現象；而你又不願意承認這情形的實在，妄想到你身子以外去找你思想枯窘的原因，所以你就不由的感到深刻的煩悶。你只是對你自己生氣，不甘心承認你自己的本相。不，你原本並沒有三頭六臂！

「你對文藝並沒有真興趣，對學問並沒有真熱心。你本來沒有什麼更高的志願，除了相當合適的生活，你只配安分做一個平常人，享你命裏鑄定的『幸福』；在事業界，在文藝創作界，在學問界內，全沒有你的位置，你真的沒有那能耐。不信你只要自問在你心的心裏有沒有那無形的『推力』，整天整夜的惱著你，逼著你，督著你，放開實際生活的全部，單望著不可捉摸的創作境界裏去冒險？是的，頂明顯的關鍵就是那無形的推力或是衝動（**The Impulse**），沒有它人類就沒有科學，沒有文學，沒有藝術，沒有一切超過功利實用性質的創作。你知道在國外（國內當然也有，許沒那樣多）有多少被這無形的推力驅使著，在實際生活上變成一種離魂病性質的變態動物，不但人間所有的虛榮永遠沾不上他們的思想，就連維持生命的睡眠飲食，在他們都失了重要，他們全部的心力只是在他們那無形的推力所指示的特殊方向上集中應用。怪不得有人說天才是瘋癲；我們在巴黎倫敦不就到處碰得著這類怪人！如其他是一個美術家，惱著他的就只怎樣可以完全表現他那理想的形體；一個線條的準確，某種色彩的調，在他會得比他生身父母的生死與國家的存亡更重要，更迫切，更要求注意。我們知道專門學有終身掘墳墓的，研究蚊蟲生理的，觀察億萬萬里外一個星的動定的。並且他們絕不問社會對於他們的努力有否任何的認識，那就是虛榮的進路；他們是被一點無形的推力的魔鬼蠱定了的。

「這是關於文藝創作的話。你自問有沒有這種情形。你也許經驗過什麼『靈感』那也許有，但你卻不要把剎那誤認作永久的，虛幻認作眞實。至於說思想與眞實學問的話，那也得背後有一種推力，方向許不同，性質還是不變。做學問你得有原動的好奇心，得有天然熱情的態度去做求知識的工夫。眞思想家的準備，除了特強的理智，還得有一種原動的信仰；信仰或尋求信仰，是一切思想的出發點；極端的懷疑派思想也只是期望重新位置信仰的一種努力。從古來沒有一個思想家不是宗教性的。在他們，各按各的傾向，一切人生的和理智的問題是實在有的；神的有無，善與惡，本體問題，認識問題，意志自由問題，在他們看來都是含逼迫性的現象，要求合理的解答——比山嶺的崇高，水的流動，愛的甜蜜更眞，更實在，更聳動。他們的一點心靈，就永遠在他們設想的一種或多種問題的周圍飛舞、旋繞，正如燈蛾之於火焰；犧牲自身來貫徹火焰中心的祕密，是他們共有的決心。

「這種慘烈的情形，你怕也沒有吧？我不說你的心靈上就沒有思想的影子；但它們怕只是虛影，像水面上的雲影，雲過影子就跟著消散，不是石上的霤痕越日久越深刻。這樣說下來，你倒可以安心了！因爲個人最大的悲劇是設想一虛無的境界來謊騙你自己；騙不到底的時候你就得忍受『幻滅』的莫大的苦痛。與其那樣，還不如及早認清自己的深淺，不要把不必要的負擔，放上支撐不住的肩背，壓壞你自己，還難免旁人的笑話！朋友，不要迷了，定下心來獨享你現成的福分吧；思想不是你的分，文藝創作不是你的分，獨立的事業更不是你的分！天生抗了重擔來的那也沒法想（哪一個天才不是活受罪！）你是原來輕鬆的，這是多可羨慕，多可賀喜的一個發見！算了吧！朋友！」

三月二十五日至四月一日

（原刊一九二六年四月三日『晨報副刊』，收入『自剖文集』）

再剖

你們知道喝醉了想吐吐不出或是吐不爽快的難受不是?這就是我現在的苦惱;腸胃裏一陣陣的作嘔,腥膩從食道裏往上泛,但這喉關偏跟你彆扭,它捏住你,逼住你,逼著你——不,它且不給你痛快哪!前天那篇〈自剖〉,就比是哇出來的幾口苦水,過後只是更難受,更覺著往上冒。我告你我想要怎麼樣。我要孤寂:要一個靜極了的地方——森林的中心,山洞裏,牢獄的暗室裏——再沒有外界的影響來逼迫或引誘你的分心,再不須計較旁人的意見,喝彩或是嘲笑;當前唯一的對象是你自己:你的思想,你的感情,你的本性。那時它們再不會躲避,不會隱遁,不會裝作;赤裸裸的聽憑你察看、檢驗、審問。你可以放膽解去你最後的一縷遮蓋,袒露你最自憐的創傷,最掩諱的私褻。那才是你痛快一吐的機會。

但我現在的生活情形不容我有那樣一個時機。白天太忙（在人前一個人的靈性永遠是蜷縮在殼內的蝸牛），到夜間，比如此刻，靜是靜了，人可又倦了，惦著明天的事情又不得不早些休息。啊，我眞羨慕我台上放著那塊唐磚上的佛像，他在他的蓮台上瞑目坐著，什麼都搖不動他那入定的圓澄。我們只是在煩惱網裏過日子的衆生，怎敢企望那光明無疑的境界！有鞭子下來，我們躲；見好吃的，我們唾涎；聽聲響，我們著忙；逢著痛癢，我們著惱。我們是鼠、是狗、是刺蝟、是天上星星與地上泥土間爬著的蟲。哪裏有工夫，即使你有心想親近你自己？哪裏有機會，即使你想痛快的一吐？

前幾天也不知無形中經過幾度掙扎，才嘔出那幾口苦水，這在我雖則難受還是照舊，但多少總算是發洩。事後我私下覺得愧悔，因爲我不該拿我一己苦悶的骨鯁，強讀者們陪著我吞嚥。是苦水就不免熏蒸的惡味。我承認這完全是我自私的行爲，不敢望恕的。我唯一的解嘲的這幾口苦水的確是我自己的腸胃裏嘔出——不是去髒水桶裏舀來的。我不曾期望同情，我只要朋友們認識我的深淺——（我的淺？）我最怕朋友們的容寵容易形成一種虛擬的期望；我這操刀自剖的一個目的，就在及早解卸我本不該扛上的擔負。

是的，我還得往底裏挖，往更深處剖。

最初我來編輯副刊，我有一個願心。我想把我自己整個兒交給能容納我的讀者們，我心目中的讀者們，說實話，就只這時代的青年。我覺著只有青年們的心窩裏有容我的空隙，我要偎著他們的熱血，聽他們的脈搏。我要在我自己的情感裏發見他們的情感，在我自己的思想裏反映他們的思想。假如編輯的意義只是選稿、配版、付印、拉稿，那還不如去做銀行的夥計——有出息得多。我接受編輯晨副的機會，就爲這不單是機械性的一種任務。（感謝晨報主人的信任與容忍。）晨報變了我喇叭，從這管口裏我有自由吹弄我古怪的不調諧的音調，它是我的鏡子，在這平面上描畫出我古怪的不調諧的形狀。我也絕不掩諱我的原形：我就是我。記得我第一次與讀者們相見，就是一篇供狀。我的經過，我的深淺，我的偏見，我的希望，我都曾經再三的聲明，怕是你們早聽厭了。但初起我有一種期望是眞的——期望我自己。也不知那時間爲什麼原因我竟有那活棱棱的一副勇氣。我宣言我自己跳進了這現實的世界，存心想來對準人生的面目認他一個仔細。我信我自己的熱心（不是知識）多少可以給我一些對敵力量的。我想拼這一天，把我的血肉與靈魂，放進這現實世界的磨盤裏去捱，鋸齒下去拉，——我就要嘗那味兒！只有這樣，我想才可以期望我主辦的刊物多少是一個有生命氣息的東西；才可以期望在作者與讀者間發生一種活的關係；才可以期望讀者們覺著這一長條報紙與黑的字印的背後，的確至少有一個活著的人與一個動著的心，他的把握是在你的腕上，他的呼吸吹在你的臉上，他的歡喜，他的惆悵，他的迷惑，他的傷悲，就比是你自己的，的確是從一個可認識的主體上發出來的變化——是站在台上人的姿態，——不是投射在白幕上的虛影。

並且我當初也並不是沒有我的信念與理想。有我崇拜的德性，有我信仰的原則。有我愛護的事物，也有我痛疾的事物。往理性的方向走，往愛心與同情的方向走，往光明的方向走，往眞的方向走，往健康快樂的方向走，往生命，更多更大更高的生命方向走——這是我那時的一點「赤子之心」。我恨的是這時代的病象，什麼都是病象：猜忌、詭詐、小巧、傾軋、挑撥、殘殺、互殺、自殺、憂愁、作僞、骯髒。我不是醫生，不會治病；我就有一雙手，趁它們活靈的時候，我想或許可以替這時代打開幾扇窗，多少讓空氣流通些，濁的毒性的出去，清醒的潔淨的進來。

但緊接著我的狂妄的招搖，我最敬畏的一個前輩（看了我的弔劉叔和文）就給我當頭一棒：

……既立意來辦報而且鄭重宣言「決意改變我對人的態度」，那麼自己的思想就得先磨冶一番，不能單憑主覺，隨便說了就算完事。迎上前去，不要又退了回來！一時的興奮，是無用的，說話越覺得響亮起勁，跳躑有力，其實即是內心的虛弱，何況說出衰頹懊喪的語氣，教一般青年看了，更給他們以可怕的影響，似乎不是志摩這番挺身出馬的本意！……

迎上前去，不要又退了回來！這一喝，這幾個月來沒有一天不在我「虛弱的內心」裏回響。實際上自從我喊出「迎上前去」以後，即使不曾撐開了往退，至少我自己覺不得我的腳步曾經向前挪動。今天我再不能容我自己這夢夢的下去。算清虧欠，在還算得清的時候，總比窩著混著強。我不能不自剖。冒著「說出衰頹懊喪的語氣」的危險，我不能不利用這反省的鋒刃，劈去糾著我心身的累贅、淤積，或許這來倒有自我眞得解放的希望？

想來這做人眞是奧妙。我信我們的生活至少是複性的。看得見，覺得著的生活是我們的顯明的生活，但同時另有一種生活，跟著知識的開豁逐漸胚胎、成形、活動，最後支配前一種的生活，比是我們投在地上的身影，跟著光亮的增加漸漸由模糊化成清晰，形體是不可捉的，但它自有它的奧妙的存在，你動它跟著動，你不動它跟著不動。在實際生活的匆遽中，我們不易辨認另一種無形的生活的並存，正如我們在陰地裏不見我們的影子；但到了某時候某境地忽的發見了它，不容否認的踵接著你的腳跟，比如你晚間步月時發見你自己的身影。它是你的性靈的或精神的生活。你覺到你有超實際生活的性靈生活的俄頃，是你一生的一個大關鍵！你許到極遲才覺悟（有人一輩子不得機會），但你實際生活中的經歷、動作、思想，沒有一絲一屑不同時在你那跟著長成的性靈生活中留著「對號的存根」，正如你的影子不放過你的一舉一動，雖則你不注意到或看不見。

我這時候就比是一個人初次發見他有影子的情形。驚駭、訝異、迷惑、聳悚、猜疑、恍惚同時並起，在這辨認你自身另有一個存在的時候。我這輩子只是在生活的道上盲目的前衝，一時踹入一個泥潭，一時踏折一支草花，只是這無目的的奔馳；從哪裏來，向哪裏去，現在在哪裏，該怎麼走，這些根本的問題卻從不曾到我的心上。但這時候突然的，恍然的我驚覺了。彷彿是一向跟著我形體奔波的影子忽然阻住了我的前路，責問我這匆匆的究竟是爲什麼！

一種新意識的誕生。這來我再不能盲衝，我至少得認明來蹤與去跡，該怎樣走法如其有目的地，該怎樣準備如其前程還在遙遠？

啊，我何嘗願意呑進這果子，早知有這多的痲煩！現在我第一要考查明白的是這「我」究竟是怎麼一回事；然後再決定掉落在這生活道上的「我」的趕路方法。以前種種動作是沒有這新意識作主宰的；此後，什麼都得由它。

四月五日

（原刊一九二六年四月七日《晨報副刊》，收入《自剖文集》）

徐志摩年譜

徐志摩（一八九七～一九三一）。

雖然生命只有短短的三十四載，就像午夜的流星那般，揮灑而過，卻留下一道亮麗耀眼的軌跡，他的一生就如同印度詩哲泰戈爾所說的「讓生時麗似夏花，讓死時美如秋葉」，那也是大環境的使然，在三十四歲的生命中卻經歷了戊戌變法、辛亥革命、袁世凱稱帝、張勛復辟、軍閥割據、北伐運動、四一二事變、九一八事變以及五四運動……

北京大學畢業後，赴美就讀克拉克大學，畢業後上哥倫比亞大學研究所，獲文學碩士後赴英劍橋大學繼續深造，他一生周旋在眾香王國，首先娶了張幼儀，離婚後與陸小曼的愛情更是驚天動地，又心儀林徽音……他寫詩、寫散文、寫小說以及翻譯，他是作家，也是教授，也是評論家……他浪漫不失率眞，他包容充滿慈悲，有人說他是一個「溫柔誠摯乃朋友中的朋友，純潔天眞是詩人中的詩人」……

他本身就是一顆流星，他本身就是一片彩雲，逐視天地間的容顏，悄然退去！

- 一八九七年，出生於浙江海寧。
- 一九〇〇年，入家塾讀書。
- 一九〇七年，入硤石開智學堂就讀。
- 一九〇九年，學堂畢業入杭州府中學（一九一三年改名為杭州一中，歷經沿革為今日之杭州高級中學）。
- 一九一五年，從夏杭州一中畢業後，考入上海滬江大學。
- 一九一五年，十二月五日，農曆乙卯年十月二十九日，與張君勱之妹張幼儀結婚後轉入上海浸信會學院學習。
- 一九一六年，初春從上海浸信會學院退學。同年秋，轉入國立北洋大學（今天津大學）法科預科。次年，北洋大學法科併入北京大學，入北京大學預科學習。
- 一九一八年，六月，拜梁啓超爲師。
- 一九一八年，八月，赴美留學，入克拉克大學（Clark University）歷史系。

- 一九一九年，九月入哥倫比亞大學經濟系。
- 一九二〇年，十月，赴英國倫敦大學倫敦政治經濟學院，其間結識英國作家威爾斯，對文學興趣漸濃。
- 一九二二年，三月與張幼儀離婚，入劍橋大學國王學院學習。同年十月回國。
- 一九二三年，三月發起成立「新月社」。同時在北京大學英文系任教。
- 一九二四年，四月至五月間印度詩人泰戈爾訪華，陪同在各地訪問；五月至七月，陪同到日本、香港訪問。八月，第一本詩集《志摩的詩》出版。十二月，《現代評論》週刊在北京創刊，爲主要撰稿人。
- 一九二五年，三月辭去北京大學教職。三至五月，與陸小曼赴歐洲旅遊。
- 一九二六年，應任光華大學教授，兼東吳大學法學院英文教授；主持《晨報副刊詩》；十月，與陸小曼結婚。
- 一九二七年，參與籌辦新月書店。一九二七年九月，第二本詩集《翡冷翠的一夜》由新月書店出版。任上海光華大學教授。
- 一九二八年，二月兼任上海大夏大學教授。十日，與聞一多、饒孟侃、葉公超等創辦《新月》月刊。
- 一九二八年，六月至十月，赴日、美、歐、印等地旅遊。十一月，最有名的代表作《再別康橋》問世。

- 一九二九年，辭去東吳大學、大夏大學教職，兼任中華書局編輯。一九二九年九月，應聘任國立中央大學文學院英語文學教授。同年，兼中華書局、大東書局編輯。
- 一九三〇年，年底先後辭去上海光華大學、南京中央大學教職。
- 一九三一年，一月與陳夢家、方瑋德等創辦《詩刊》季刊。二月，任北京大學英文系教授。兼任北平女子大學教授。八月，詩集《猛虎集》出版。
- 一九三一年，十一月十三日（一說是十一日），從北平赴上海看望陸小曼，十八日離開上海到南京，爲趕到北京聽林徽因的一個關於建築的講座，十九日上午搭乘從南京到北平的「濟南號」郵機，到達濟南附近時飛機觸山失事，遇難身亡，時年三十四歲。

國家圖書館出版品預行編目資料

巴黎的鱗爪／徐志摩 著　初版，新北市，
新視野 New Vision，2022.02
面；　公分 --
ISBN 978-986-06503-7-2（平裝）

848.4　　110019734

巴黎的鱗爪
徐志摩　著

主　　編　林郁
出　　版　新視野 New Vision
製　　作　新潮社文化事業有限公司
電話 02-8666-5711
傳真 02-8666-5833
E-mail：service@xcsbook.com.tw

印前作業　東豪印刷事業有限公司
印刷作業　福霖印刷有限公司

總 經 銷　聯合發行股份有限公司
新北市新店區寶橋路 235 巷 6 弄 6 號 2F
電話 02-2917-8022
傳真 02-2915-6275

初　　版　2022 年 2 月